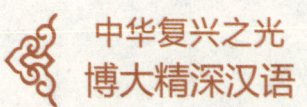

绚丽民间故事

鹿军士 主编

汕頭大學出版社

图书在版编目（CIP）数据

绚丽民间故事 / 鹿军士主编. -- 汕头：汕头大学出版社，2016.1（2023.8重印）
（博大精深汉语）
ISBN 978-7-5658-2350-3

Ⅰ. ①绚… Ⅱ. ①鹿… Ⅲ. ①民间故事－文学欣赏－中国 Ⅳ. ①I207.7

中国版本图书馆CIP数据核字(2016)第015327号

绚丽民间故事　XUANLI MINJIAN GUSHI

主　　编：	鹿军士
责任编辑：	邹　峰
责任技编：	黄东生
封面设计：	大华文苑
出版发行：	汕头大学出版社
	广东省汕头市大学路243号汕头大学校园内　邮政编码：515063
电　　话：	0754-82904613
印　　刷：	三河市嵩川印刷有限公司
开　　本：	690mm×960mm　1/16
印　　张：	8
字　　数：	98千字
版　　次：	2016年1月第1版
印　　次：	2023年8月第4次印刷
定　　价：	39.80元

ISBN 978-7-5658-2350-3

版权所有，翻版必究
如发现印装质量问题，请与承印厂联系退换

前言

党的十八大报告指出:"把生态文明建设放在突出地位,融入经济建设、政治建设、文化建设、社会建设各方面和全过程,努力建设美丽中国,实现中华民族永续发展。"

可见,美丽中国,是环境之美、时代之美、生活之美、社会之美、百姓之美的总和。生态文明与美丽中国紧密相连,建设美丽中国,其核心就是要按照生态文明要求,通过生态、经济、政治、文化以及社会建设,实现生态良好、经济繁荣、政治和谐以及人民幸福。

悠久的中华文明历史,从来就蕴含着深刻的发展智慧,其中一个重要特征就是强调人与自然的和谐统一,就是把我们人类看作自然世界的和谐组成部分。在新的时期,我们提出尊重自然、顺应自然、保护自然,这是对中华文明的大力弘扬,我们要用勤劳智慧的双手建设美丽中国,实现我们民族永续发展的中国梦想。

因此,美丽中国不仅表现在江山如此多娇方面,更表现在丰富的大美文化内涵方面。中华大地孕育了中华文化,中华文化是中华大地之魂,二者完美地结合,铸就了真正的美丽中国。中华文化源远流长,滚滚黄河、滔滔长江,是最直接的源头。这两大文化浪涛经过千百年冲刷洗礼和不断交流、融合以及沉淀,最终形成了求同存异、兼收并蓄的最辉煌最灿烂的中华文明。

五千年来，薪火相传，一脉相承，伟大的中华文化是世界上唯一绵延不绝而从没中断的古老文化，并始终充满了生机与活力，其根本的原因在于具有强大的包容性和广博性，并充分展现了顽强的生命力和神奇的文化奇观。中华文化的力量，已经深深熔铸到我们的生命力、创造力和凝聚力中，是我们民族的基因。中华民族的精神，也已深深植根于绵延数千年的优秀文化传统之中，是我们的根和魂。

中国文化博大精深，是中华各族人民五千年来创造、传承下来的物质文明和精神文明的总和，其内容包罗万象，浩若星汉，具有很强文化纵深，蕴含丰富宝藏。传承和弘扬优秀民族文化传统，保护民族文化遗产，建设更加优秀的新的中华文化，这是建设美丽中国的根本。

总之，要建设美丽的中国，实现中华文化伟大复兴，首先要站在传统文化前沿，薪火相传，一脉相承，宏扬和发展五千年来优秀的、光明的、先进的、科学的、文明的和自豪的文化，融合古今中外一切文化精华，构建具有中国特色的现代民族文化，向世界和未来展示中华民族的文化力量、文化价值与文化风采，让美丽中国更加辉煌出彩。

为此，在有关部门和专家指导下，我们收集整理了大量古今资料和最新研究成果，特别编撰了本套大型丛书。主要包括万里锦绣河山、悠久文明历史、独特地域风采、深厚建筑古蕴、名胜古迹奇观、珍贵物宝天华、博大精深汉语、千秋辉煌美术、绝美歌舞戏剧、淳朴民风习俗等，充分显示了美丽中国的中华民族厚重文化底蕴和强大民族凝聚力，具有极强系统性、广博性和规模性。

本套丛书唯美展现，美不胜收，语言通俗，图文并茂，形象直观，古风古雅，具有很强可读性、欣赏性和知识性，能够让广大读者全面感受到美丽中国丰富内涵的方方面面，能够增强民族自尊心和文化自豪感，并能很好继承和弘扬中华文化，创造未来中国特色的先进民族文化，引领中华民族走向伟大复兴，实现建设美丽中国的伟大梦想。

目 录

人物传说

李冰智斗江神建都江堰　002

诸葛亮助刘备传为神人　011

忠孝节义的关羽奉为神　018

断案如神的清官包拯　023

杨家将满门忠烈千古传　032

岳飞尽忠报国传佳话　038

爱情传说

感天动地的牛郎织女　046

孟姜女为情郎哭断长城　055

孝行感天的董永配天仙　063

梁山伯与祝英台化蝶双飞　068

白蛇为报恩修炼嫁许仙　075

神魔传说

化为杜鹃哀啼的望帝 082

嫦娥误食仙丹而奔月 089

多种多样的民间阎王 094

柳毅为龙女传书到龙宫 101

风物传说

拯救藏族众生的格萨尔 108

孔雀公主与傣族王子 113

坚贞追求幸福的阿诗玛 118

人物传说

　　历史人物传说，是以历代社会生活中实有其人的著名人物为中心，通过艺术加工、幻想、虚构等手法，叙述他们的行为、事迹或遭遇等的传说。这些传说在表现历史事实的同时，也注重刻画历史人物，并且在传说中反映的是集体性的群众英雄。

　　历史人物传说以人物为中心，叙述他们的事迹和遭遇，表达了人民群众的评价和愿望,是我们研究历史的重要素材，对于研究人类文明的演进具有重要意义。

李冰智斗江神建都江堰

　　战国时期，蜀地的岷江年年都发生水患，那里的人们世世代代同洪水作斗争，但一直都不能彻底解决问题，人们一直都生活得非常痛苦。

　　后来，秦国吞并了蜀国，秦国为了将蜀地建成其重要的基地，决定彻底治理蜀地的岷江水患。于是，秦昭襄王便任命很有治水才能的李冰到蜀郡去担任郡守，主持治理那里的水患。

　　李冰到蜀郡后，亲自查

看当地的灾情,他发现,发源于成都平原北部岷山的岷江,沿江两岸山高谷深,水流湍急。而从岷江上游挟带来的大量泥沙淤积在这里,抬高了河床,加剧了水患。特别是在灌县城西南面,有一座玉垒山,阻碍了江水东流,每年夏秋洪水季节,常造成东旱西涝。

　　李冰经过实地查看后,发现原来确定的引水渠选址不合理,就废除了原来的计划,把引水口上移到了成都平原冲积扇的顶部灌县玉垒山处,这样可以保证较大的引水量和形成通畅的渠道网。他新规划的引水渠,由鱼嘴、飞沙堰和宝瓶口及渠道网组成。

　　在修筑分水堰的过程中,李冰采用江心抛石筑堰的方法失败后,就另辟新路,让竹工编成一些大竹笼,装满鹅卵石,然后一个一个地沉入江底,这样就战胜了湍急的江水,筑成了分水大堤。据后来唐代作家李吉甫所著的《元和郡县图志》记载:

犍尾堰在县西南二十五里，李冰作之以防江决。破竹为笼，圆径三尺，长十丈，以石实之。累而壅水。

此法就地取材，施工、维修都简单易行。而且，笼石层层累筑，既可免除堤埂断裂，又可利用卵石间空隙以减少洪水的直接压力，从而降低堤堰崩溃的危险。

分水大堤前端犹如鱼头，所以取名叫"鱼嘴"。鱼嘴是在宝瓶口上游岷江江心修筑的分水堰，因堰的顶部形如鱼嘴而得名。据《华阳国志》记载：李冰"壅江作堋"的"堋"就是指鱼嘴。它将岷江分为内外江，起到了航运、灌溉与分洪的作用。

为了进一步控制流入宝瓶口的水量，李冰又在鱼嘴分水堤的尾部，修建了分洪用的平水槽和"飞沙堰"溢洪道。飞沙堰也用竹笼装卵石堆筑，堰顶做到适宜的高度。

当内江水位过高时，洪水就经由平水槽漫过飞沙堰流入外江，这样就能保障内江灌区免遭水淹。同时，由于漫过飞沙堰流入外江水流的漩涡作用，有效地冲走了泥沙在宝瓶口前后的沉积。

鱼嘴的分水量有一定比例。春耕季节，内江水量大约占六成，外江水量大约占四成。洪水季节，内江超过灌溉所需的水量，由飞沙堰自行溢出。

接着，李冰又带领人们开凿宝瓶口。因"崖峻阻险，不可穿凿，李冰乃积薪烧之"，劈开玉垒山，凿成宝瓶口。宝瓶口不仅成为了进水口，而且以其狭窄的通道形成了一道自动调节的水门，对内江渠系起到了很好的保护作用。

宝瓶口一带的岩石渠道，十分坚固，千百年来在岷江激流冲击下，都没有被冲毁，有效地控制了岷江水流。清代诗人宋树森所作《伏龙观观涨》一诗云：

我闻蜀守凿离堆，两崖劈破势崔巍。
岷江至此画南北，宝瓶倒泻数如雷。

李冰修成宝瓶口之后，又开两渠，一渠由永康过新繁入成都，称

为外江；另一渠由永康过郫入成都，称为内江。这两条主渠沟通成都平原上零星分布的农田灌溉渠，初步形成了规模巨大的水利工程渠道网。

在以后的几年里，李冰又带领蜀中百姓，在灌县南面的玉垒山下一带，修建了分水鱼嘴、金刚堤、平水槽等多处水利工程，这些水利工程后来统称为都江堰。

李冰修筑的都江堰水利工程，不仅从根本上治住了水患，还变患为福，灌溉良田万顷，泽被世世代代的蜀中人们。从此，蜀郡沃野千里，富饶丰足，被称为"天府之国"。李冰也因此被后人尊称为"川祖"，受到世代蜀人的爱戴和敬仰。

李冰修建都江堰的水利工程，不仅在我国水利史上，甚至在世界水利史上也占有光辉一页。它悠久的历史举世闻名，它设计之完备令人惊叹。我国古代兴修了许多水利工程，唯独李冰修建的都江堰经久不衰，一直都在发挥着防洪灌溉和运输等多种功能。

蜀地人民都把李冰兢兢业业为民造福的精神，作为学习效仿的榜样。为了颂扬李冰治水的伟大，人们把他英雄事迹不断丰富和神化了，以突出李冰的非凡智慧和神奇才能。于是，在民间就衍生出了许多关于李冰治水的神奇传说。

相传李冰来到蜀郡后，发现原来岷江里面有一个江神，是一条作恶多端的孽龙。它稍有不高兴，就会兴风作浪，下起大暴雨，淹没两岸庄稼和村庄，祸害百姓。

孽龙要求当地百姓在每年农历六月二十三日，选出一个漂亮的童女给它做媳妇，并且还要每家每户集巨资给它举行热热闹闹的婚礼。许多人家为了躲避江神的迫害，不得不拖儿带女远走他乡。这样就致使岷江一带渐渐土地荒芜，人渐渐也稀少了很多。

李冰到蜀郡上任不久，弄清楚这里的情况后，决定要治一治这条孽龙。眼看一年一度为江神娶媳妇的日子到了，那些没有能力离开的人们又开始给江神筹集钱财选童。这时，李冰说："今年就不用筹集钱资了，童女就选定我家小女，你们就不要费心思了。"

人们听说李冰郡守如此舍己为人，都非常感激，同时也为李冰担心。他们担心李冰会出事，再说也不愿失去这样的好郡守，都希望郡守能够战胜孽龙，消除祸患。

到了农历六月二十三日这一天，李冰把自己女儿打扮得漂漂亮

亮，一同来到江边。主祭人登上祭江神坛祭奠完之后，坛下锣鼓喧天，钟乐齐鸣。三鼓过后，江面上突然波涛涌起，水柱冲天有十余丈高，人们说，这就是江神迎接新娘的仪式。

这时候，人们本应把新娘送入水中。可是李冰说："不用急。这次能与江神结为姻亲，真是荣幸万分，我李冰很想能够目睹江神的尊颜，还请江神早点现身，不要误了好时辰。"

说完，李冰亲自斟满一杯酒，走上祭坛举起奉上。可是过了很久，就是不见江神的影子。李冰见此情景，知道江神在戏弄百姓，不由勃然大怒道："你这作恶多端的孽龙，残害百姓，致使民不聊生，今天我李某为了百姓能够安居乐业，情愿舍命与你搏斗，你就赶快现身吧！"

说着，李冰就提着宝剑，奋身跳入江中。这时，江上的水柱不见了，好像变得风平浪静，只是隐隐觉得有些地动山摇。

过了大约一个时辰，狂风大作，烟尘蔽日，恍恍惚惚之中，人们

看到江边有两条青黑色的犀牛在拼命地激烈争斗，难解难分。不一会儿，这两条犀牛便消失了。

在岸边观战的人们正在疑惑时，只见李冰气喘吁吁地从水中跑上来。他对随从武士说："这条孽龙本事很高，尤其是力气特别大，我跟它战了很久也不能取胜。现在上岸来，要求你们助我一臂之力。"

李冰手下武士说："我们刚才看到两头犀牛在河边搏斗，知道是您跟孽龙在激战，但只是两头犀牛一模一样，我们也分不清哪一头是您变的，也就不好来助战。"

于是，李冰就把一条雪白的绶带缠在腰间，对武士说："现在我腰间系有白色丝带，这样我再去跟它争斗时，那头腰间是白色的犀牛就是我变的，你们记住这点就行了。"

说罢，李冰又跳到水里与孽龙战斗起来。当两头犀牛再出现时，李冰手下武士就一个个手执兵器，纷纷拥上前去，帮着李冰一同战斗。这些武士拿起手里武器对着那头身上没有白色丝带的犀牛一阵奋力砍杀，最终把那头孽龙变成的犀牛杀翻在地。

孽龙倒在地上后，很快显出了原形。李冰赶紧吩咐人们将早已准备好的粗大铁链，严严实实地把孽龙捆缚起来，牢牢锁在江中一个深水潭中。

在民间传说中，神话人物二郎神的原型就是李冰之子，我国古代杂著集《太平广记》中有二郎神的传记。宋代著名诗人范成大称李冰擒住孽龙镇于伏龙观。

后代人们为了进一步纪念李冰，就在他降伏孽龙的地方建了一座观，取名为伏龙观。进了观，抬眼便见一尊李冰石像，石像气宇轩昂，须发微微飘动，深邃的目光中透出一种非凡大志和气魄，让人们为之震撼！

关于李冰治水传说，东汉以后不断有所增加，北宋开始流传李冰之子李二郎协助治水等神话。后来在每年清明时节，当地人们都会在二王庙举行祭祀活动和开水典礼。

李冰治水的故事被人们神化，反映了人们对为民办事的治水英雄李冰的崇敬之情，也表现了人们心目中伟大英雄的形象和精神。李冰治水的故事一直激励着后人与自然灾害进行英勇顽强的斗争。

知识点滴

李冰在世时就考虑到了事业的承续，他命令自己儿子做了3个石人，镇于江间，测量水位。李冰逝世400年后，3个石人已经损缺，汉代水官便重造高及3米的"三神石人"测量水位。这"三神石人"其中一尊即是李冰雕像。

汉代这位水官很了解李冰在民间的地位，就雕出李冰石像放在江中镇水测量。他也懂得李冰的心意，唯有那里才是李冰最合适的地方。水官的做法，说明都江堰一直就流淌着一种独特的李冰精神。

诸葛亮助刘备传为神人

诸葛亮于181年出生在琅琊郡阳都县的一个官吏之家,诸葛氏是琅琊的望族,先祖诸葛丰在西汉元帝时做过司隶校尉,诸葛亮父亲诸葛圭在东汉末年做过泰山郡丞。

诸葛亮8岁丧父,他与弟弟诸葛均一起跟随叔父诸葛玄,当时诸葛玄被袁术任命为豫章太守。后来,东汉朝廷派朱皓取代了诸葛玄,诸葛玄就投奔荆州牧的刘表了。

诸葛亮少年时代,曾经从学于水镜先生司马徽。诸葛亮学习刻苦,勤于用脑,不但司马徽赏识他,就连司马的妻子对他也很器重,都喜欢这个勤

奋好学、善于用脑的少年。

诸葛亮天资聪颖，司马先生讲的东西，他一听便会，不解求知饥渴。为了学到更多东西，他想让先生把讲课的时间延长一些，但先生总是以鸡鸣叫为准，于是诸葛亮想：若把公鸡鸣叫的时间延长，先生讲课的时间也就延长了。

那时还没有钟表，记时用日晷，遇到阴雨天没有太阳，时间就不好掌握了。为了记时，司马徽训练公鸡按时鸣叫，办法就是定时喂食。于是，诸葛亮上学时就带些粮食装在口袋里，估计鸡快叫的时候，就喂它一点粮食，鸡一吃饱就不叫了。

过了好久，司马先生感到奇怪，为什么鸡不按时叫了呢？经过细心观察，发现诸葛亮在鸡快叫时给鸡喂食。司马先生在上课时，就问学生，鸡为什么不按时鸣叫？其他学生都摸不着头脑。诸葛亮心里明白，可他是个诚实的人，就如实地报告了司马先生。

司马先生很生气，当场就把他的书烧了，不让他继续读书了。诸葛亮求学心切，不能读书怎么得了，便去求司马夫人。司马夫人听了诸葛亮喂鸡求学遭罚之事，深表同情，就向司马先生说情。

司马先生说："小小年纪，不在功课上用功夫，倒使心术欺蒙老师。这是心术不正，此人不可大就。"

司马夫人反复替诸葛亮说情，说他年纪小，虽使了点心眼儿，但总是为了多学点东西，并没有他图。

司马先生听后觉得有理，便同意诸葛亮继续读书。可没有书怎么读呢？夫人对司马先生说："你有一千年神龟背壳，传说披在身上，能使人上知千年往事，下晓五百年未来，不妨让诸葛亮一试，如果灵验，要书作甚？"司马先生想到他已经把书烧了，也只好按夫人说的办。

诸葛亮将师母送的神龟背壳往身上一披，即成了他的终身服饰八卦衣，昔日所学，历历在目，先生未讲之道，也能明白几分。

诸葛亮从16岁开始念《梁父吟》，后来，他常以春秋战国时期齐国的著名政治家管仲和战国后期杰出军事家乐毅比拟自己，当时的人对他都是不屑一顾，只有好友徐庶等名士相信他的才干。

刘备依附于刘表时，屯兵于新野，诸葛亮的老师司马徽与刘备会面时表示："那些儒生都是见识浅陋的人，岂会了解当世的事务局势？能了解当世的事务局势才是俊杰。此时只有卧龙、凤雏。"卧龙指的是诸葛亮，凤雏指的是当时的另一个名士庞统。

后来，诸葛亮被徐庶推荐到刘备那里，刘备希望徐庶引诸葛亮来见，但徐庶却建议："这人可以去见，不可以令他屈就到此。将军宜

屈尊以相访。"

刘备几经周折，最后终于见到诸葛亮，向诸葛亮请教天下大势。诸葛亮陈说三分天下之计，令刘备听后大赞，便力邀诸葛亮相助。从此，诸葛亮开始了他传奇而精彩的一生。

诸葛亮作为蜀国的丞相，尽忠效力。他处理事务简练实际，能从根本上解决问题，不计较虚名而重视实际，使得蜀国上下的人都害怕却敬仰他。可以说他是治理国家的优秀人才，其才能的确可以与管仲和"汉初三杰"之一的萧何相媲美。

诸葛亮在汉中期间，利用汉中的经济条件，因地制宜地采取了一系列发展生产的得力措施，保障了刘备北伐军的物资供应。汉中当地人们生活好了，也招来了更多的人口，使地广人稀的汉中重新得到了发展，逐步达到人多、粮多的良性循环，使百姓安居乐业。

诸葛亮在四川地区深得民心，关于他的故事一直是民间茶余饭后相传的首选。在那里就有很多地方的居民保留着头戴白布的习惯,据说就是为诸葛亮戴孝而形成的,历经1000多年。

诸葛亮作为著名军事家,得到了历代兵家的认可。三国时期魏国杰出政治家、军事家司马懿在诸葛亮死后,看到诸葛亮布置的营垒,称赞其为"天下奇才"。三国西晋时期著名史学家陈寿在断代史《三国志》中对诸葛亮的评价是"史官鲜克知兵,不能纪其实迹焉"。

唐太宗李世民与隋末唐初著名将领李靖在《唐太宗李卫公问对》中,多次提到诸葛亮的治军之法与八阵图,并给予了极高的评价。唐时也将诸葛亮评选为武庙十哲之一,与秦末汉初谋士、大臣张良,我国历史上杰出的军事家韩信,战国时期秦国名将白起等九位历代兵家尊享同等地位。

诸葛亮也写了诸多军事著述,如《南征》《北伐》《北出》等,对我国军事理论具有一定贡献。除此之外,他在技术发明上也有灵巧

的表现，如改良过连弩等。

在宋代高承编撰的《事物纪原》中，记载诸葛亮南征班师时正遇风起，不能渡河，西南少数民族首领孟获说这是猖神作怪，只要用人头和牲畜祭祀，便会风平浪静。但诸葛亮觉得用人头太残忍，于是就用面粉搓成人头状，混上牛、羊等肉去替代，名为馒头。

相传诸葛亮担任军师中郎将时，因解决粮食问题，向百姓询问了当时名为"蔓菁"的野菜的种植方法，并下令士兵开始种蔓菁，补充军粮，后世便把此菜称为诸葛菜。

诸葛亮作为"智者""勤政者"的典范形象扎根于人们心里，人们通过各种形式来研究他、歌颂他、崇拜他。历代围绕诸葛亮开展的有关政治、军事、文化思想方面的研究及以其故事为题材的文艺创作、民间传说，形成了一笔丰厚的精神财富，无不折射出传统文化的理念、价值观。

唐代大诗人杜甫写过一首赞誉诸葛亮的诗作《蜀相》，其中的后四句这样写道：

三顾频烦天下计，两朝开济老臣心。
出师未捷身先死，长使英雄泪满襟。

诗句歌颂了诸葛亮集智、勇、忠诚等封建美德。

元末明初小说家罗贯中所著的《三国演义》中，把诸葛亮描写成未卜先知的预言家，奇谋巧计的战略家，口若悬河的外交家，高瞻远瞩的政治家，神出鬼没的策略家，而且还是位呼风唤雨、脚踏七星的方士和超能力的奇人。

这些民间传说，都是通过诸葛亮这个人物，反映出在生产力落后的封建时代，人们同恶劣的大自然搏斗，同险恶的政治环境抗争并取得胜利的一种希冀，以至于使诸葛亮成为人们心目中现实主义与浪漫主义完美结合的化身。以诸葛亮为题材的文化现象还在不断发展、光大，扎根于群众，流传于四方，具有旺盛的生命力。

知识点滴

民间传说在诸葛亮死前，估算出司马懿要来挖他的坟，就布置在定军山上修了36座坟墓，使司马懿摸不清底细。

司马懿亲自指挥挖坟，挖第一座坟，见坟里有一部装套子的书籍，他亲自弯腰去捡，当即感到自己像被什么东西紧紧吸住了，不由自主地跪了下去。实际是拜台下的磁铁吸住了他身上的铠甲，使他不得不在诸葛亮的坟前下跪。司马懿以为是克敌制胜的兵书，就很想看。他打开封套，把书摊在左手上，习惯地用舌头舔右手食指去翻书，整本书上只写了"生前不能擒司马，死后司马被我擒"两句话，气得他再也爬不起来了。

忠孝节义的关羽奉为神

那是在三国时期,关羽因犯事逃离家乡至幽州涿郡,在涿郡遇到了张飞,后来两人一同担任刘备的贴身卫士。3人志气相投,在桃园结义。从此,关羽开始了他的戎马生涯。

关羽追随刘备,阵斩颜良,镇守荆州,威震华夏,为刘备复兴汉室的大业立下了赫赫战功。

历史上没有常胜将军。219年,关羽败走麦城,被吴将潘璋部司马马忠擒获,缚见东吴孙权。孙权招降关羽,关羽宁死不屈,慷慨就义,时年58岁。蜀汉政权在成都为关羽建衣冠冢，即是成都关羽墓，以招魂祭祀。

关羽故乡山西运城解州后来则建立了关帝庙，是为解州关帝庙，被认为是关羽魂魄归返之处。因此民间也称关羽"头枕洛阳，身卧当阳，魂归故里"。

关羽集忠孝节义于一身，在人们心目中的地位是很高的，他勇猛、讲义气、忠心不二的形象已经是不可改变的了，早已具备了被神化的条件。

历代治国者都需要这样的典型人物来作为维护其政权的守护神，因而渲染其忠、义、勇、武的品格操守，希望有更多的文臣武将能像关羽那样尽忠义于君王，献勇武于社稷。

南北朝时期的567年，当阳县玉泉山首建关公庙，开启了民间对关公的信仰的先河，这不仅是政府对关公褒扬喝彩的产物，更是普通人们精神生活的需要。治国者从道德的角度大肆宣扬关公的忠孝节义，使关公信仰在不太长的历史时间里蓬勃发展。

到了唐代，关公庙增加，文人墨客的诗文或碑帖中常提及关公，并开始在家中悬挂关公神像。到了清代，皇帝认为自己能入主中原是得到了关公的神佑，所以，顺治皇帝特封关羽为"忠义神武灵佑仁勇威显护国保民精诚绥靖佑赞宣德关圣大帝"。后来有的地方还将关羽与南宋最杰出的统帅岳飞合祀于武庙。

在民间，关于关羽的传说故事也非常多。故事的内容相当广泛，从其降生出世、姓名由来、主要活动，以及死后灵魂显圣等无所不有。黎民百姓是把关羽作为神圣帝君来敬仰崇拜的，故而这些传说故事大都带有浓厚的神话传奇色彩。

民间相传，关羽为火龙星降生。天上的火龙星是一位善良正直的天神。

有一次，玉皇大帝命火龙星到凡间放火烧毁万户村，他见那里的百姓朴实忠厚，辛勤耕耘，一连3次都不忍心施火，最后只烧了村里一户作恶多端的财主回去交差。玉皇大帝见火龙星屡屡违抗天命，欺哄上天，敕令冥王星将其捉拿归案问斩。

火龙星在临赴刑场时托梦给他的棋场老友仙山寺主持老僧，嘱请其在6月17日午时用铜盆接住从天廷断头台滴下的血水，密封存放七天七夜，只有这样，他才可以转世为人。

老僧同情朋友的不平遭遇，就遵嘱而行，把接得的血水用寺内一口大钟严严实实地盖了起来。转眼六天过去了，寺内的几个小和尚等待不及，趁主持不在时抬开大钟，看到盆内血水已凝结成一个血球，有碗口般大小。

小和尚们正在惊奇之时，突然一团红云冲起，血球变成了一个小儿。因为还差一天不到期限，血球的血气尚未消完，故而孩子脸色赤红，如同重枣，这个孩子就是日后的关羽。

后来，人们将关羽的赤兔马也赋予了传奇色彩。说是当初关羽受命率部去当阳长坂救援又一次被曹军围困的刘备，时值酷暑，士兵们口渴难忍，附近又找不到水源。关羽见状甚为着急，不住地挥鞭兴叹。赤兔马心领神会，咆哮着使劲用前蹄刨地，把泉水给刨了出来。众将士饮后精神大振，一举击败曹军救出了刘备。清道光年间，还在泉口边建有一块石碑，上刻"马刨泉碑记"。

就连关羽那把青龙偃月刀也很传奇。据说当初关羽在八岭山手舞大刀演武，奋起神威，一刀向这个大山丘劈去，竟把这个大山丘的"头颅"给劈掉了，于是从此成了平头冢。

关羽在其近60年的一生中，策马横刀，驰骋疆场，征战群雄，辅佐刘备完成鼎立三分大业，谱写出一曲令人感慨万千的人生壮歌。关羽那充满英雄传奇的一生，被后人推举为"忠""信""义""勇"集于一身的道德楷模，并成了我国古代社会后期上至帝王将相，下至士农工商广泛顶礼膜拜的神圣偶像。

关帝的信仰涉及生活中的各行各业。有人说，南北朝至唐代是关帝信仰的形成期，宋元是发展期，明代是盛行期，清代是鼎盛期。其影响可与尊孔相比，毫不逊色。明代大文豪徐渭在《蜀汉关后祠祀记》之中说：

蜀汉前将军关侯之神，与吾孔子之道并行于天下。然

> 祠孔子者郡县而已，而侯则居九州之广，上自都城，下至墟落，虽烟火数家，亦靡不醵金构祠，肖像以临球马弓刀，穷其力之所办。而其醵也，虽妇女儿童，有欢欣踊跃，唯恐或后。以比于此事孔子者殆若过之。噫，亦盛矣！

全国关帝庙多如牛毛，何止万千，清乾隆时期仅北京就有200多座。在民间，关公是位武财神，是保护商贾之神。又说关帝庙里抽的签儿最准、最灵验，不少文人吟诗推波助澜。

同时，崇拜关财神的人越来越多。供神的场所除了道教宫观，还有佛教场所，商业场所乃至家中都可以看到各色各样的关公神像。据说我国台湾省有160余座关帝庙。新竹后山普天宫的关羽神像连同台座高达四五十米。海外有华侨的地方大多供有关帝，他是义气的象征，更是保护神和财神。

知识点滴

215年，刘备取益州，孙权令诸葛瑾找刘备索要荆州不成，双方剑拔弩张，孙刘联盟面临破裂。在这紧要关头，鲁肃为了维护孙刘联盟，不给曹操可乘之机，决定当面和关羽商谈。"肃邀羽相见，各驻兵马百步上，但诸将军单刀俱会"。双方经过会谈，缓和了紧张局势。随后，孙权与刘备商定平分荆州，"割湘水为界，于是罢军"，孙刘联盟因此能继续维持。

这次"单刀会"，后经戏剧家、小说家的渲染，关羽成了英雄，鲁肃反成了鼠目寸光、骨软胆怯的侏儒。

断案如神的清官包拯

包拯是我国北宋时期颇有名望的官吏，曾奉调入京任开封府尹。在当时，平民告状都得先通过门牌司才能上交案件，时常被小吏讹诈。包拯一上任就改革诉讼制度，裁撤了门牌司。

包拯任开封府尹期间，惠民河涨水，淹了南半城。包拯一经调查得知，河道屡疏不通的原因是达官贵人在河两岸占地修豪宅，还堵水筑起了私家园林。随后，包拯立即下令将这些花园全部拆毁，泄出水势。这一举动使他威名大震。

包拯处理案件公道正

派，执法严峻，对各种阶层一视同仁，他不苟言笑，一脸严肃，因而得来了"包大人笑比黄河清"的民间评价。在百姓们看来，要看包公笑，简直要比黄河水变清还要难。

在开封府任期，包拯不仅断案英明，而且还是一个实干家。不到两年，他就被任命为三司使，负责全国经济工作，展现出了经济改革的天赋。比如，他改"科率"为"和市"，还免除部分地区"折变"，即废除农民将粮食变成现钱纳税的规定等措施。开展经济工作卓有成效，两年后，包拯被提拔为枢密副使。

这时的包拯已经风烛残年。宋仁宗时期相对和平，所以枢密副使这个职务也许是皇帝对包拯一生忠心耿耿的一种荣誉的回报。

在枢密副使任上一年后，包拯病逝，首都开封的老百姓莫不悲痛，皇帝亲自到包家吊唁，并宣布停朝一天以示哀悼。

包拯纯朴平实，刚直不阿，疾恶如仇，爱民如子，不苟言笑，是我国历史上少人企及的崇高与正义的化身，是一个至忠至正、至刚至纯的清官标志与忠臣样本，是一个被历朝官方推向神坛，又被历代老百姓奉为神明的"包青天"。因此，在我国的民间衍生出了很多关于他的传说。

民间相传，有一次包拯巡按到寿州暗访查案。他到了那里才知道那里的县官不在城里。有人告诉他说："庞国舅为皇上采办银鱼，船只在瓦埠湖上受阻，县官带着衙役去抓民夫，给国舅的贡船拉船去了。"

于是，包拯带着几个随从直奔瓦埠湖。他们刚到瓦埠湖边，就被县官抓住了。县官不容分说，就把纤绳套在他们身上，让他们拉纤。

后来，船在一个集镇边靠岸了，包拯看见庞氏父子带着爪牙上岸去了，就一只船一只船地查看。

包拯发现在庞氏父子曾坐过的船上坐着一个少妇，姿色出众，可是满眼泪水，异常伤心，就问道："大姐，你是庞家何人？有什么伤心事？"

那妇女说道:"妾乃李秀才之妻。我丈夫新近得中举人,我与丈夫回家祭祖,叫庞子瞧见,把我抢到船上,我夫告到知县那里,知县不但不理,反把我夫交给他们。结果他们把我夫剁成肉泥,每天洒一点到湖里喂鱼,惨啊!"说完放声大哭。

包拯听了,气愤异常,但他不动声色地说:"大姐,听说开封府包大人铁面无私,你给我个凭证,我替你告状去!"

妇女一听,忙站起来,从口袋里掏出一张状纸,包了些船头筐子里的肉泥,又从身上拿了一条罗帕包着递给包公,说:"大哥,谢谢你!我这一生不能报答,来生当牛做马再报答!"

包拯收下那包,悄悄地转交给他的护卫马汉,说:"快回寿州城,宣布巡按大人到!"马汉接受了使命,悄悄地走了。

包拯船到寿县,要知县赶快迎接巡按包大人。知县连滚带爬地从船上下来,跪在"肃静""回避"两面大牌前面。

庞国舅从船上下来,假惺惺地说:"包卿,辛苦了!"但是却半天没见回应。

这时,包拯从他身后过来,说:"国舅,这次为皇上采办银鱼辛苦了!"

庞国舅回头一看,包拯赤着脚,背上绕着纤绳,脸色立刻尴尬至极,嘴上却说:"哪里,哪里。"

包拯说:"我来问你,你可知李秀才在哪儿?"

庞国舅心里"咯噔"一下,但仍假装沉着地说:"我不认得他!"

包拯一脸严肃,"哼哼"两声,回头吩咐马汉:"把罗帕包当着国舅的面解开。"

马汉解开罗帕包,包里是李秀才妻子的一张状子和李秀才被杀的

肉泥，血迹斑斑。庞国舅一见，立刻面如土色，两腿筛糠。

包拯当即喝令道："拿下！"马汉立即将庞国舅五花大绑起来。

包拯等人押着庞国舅来到衙门，即刻升堂，衙吏分列两旁。有人将庞国舅押了上来。

包拯对案情早已了如指掌，当堂提笔判道："庞氏父子，荣膺显爵，身受皇恩，豺狼狼贪，残害百姓，虽皇亲国戚，亦罪不容赦，虎头铡且把威使。知县身为百姓父母官，助纣为虐，狡而多诈，是宜刀割首级，示众三日，立即押赴瓦埠湖畔执行！"

一声锣响之后，庞氏父子和知县被分别处死。

从宋代包拯去世后，包公的故事就在民间流传。《合同文字记》和《三现身包龙图断冤》是最早的宋人创作的包公断案故事，《宋四公大闹禁魂张》虽不是包公断案故事，但在篇末出现了包公的名字：

直待包龙图相公做了府尹，这一班盗贼，方才惧怕。各散去讫，地方始得宁静。

在流传下来的宋元话本中，包公故事并不多。到了元代，元曲里大量包公戏流传，保存下来的完整剧本的清官断案戏有十六七种，其中包公断案的就有11种多。比如无名氏的《陈州粜米》《合同文字》《神奴儿》《盆儿鬼》，元代戏曲作家关汉卿的《蝴蝶梦》《鲁斋郎》，元代戏曲作家郑廷玉的《包待制智勘后庭花》，元代杂剧家李行道的《灰阑记》，元代曾瑞卿的《留鞋记》，元代戏曲作家武汉臣的《生金阁》，还有一种是科白不全的《张千替杀妻》。

在元曲中，包拯被塑造成半人半神、可以上天入地的判官形象，主持正义又无所不能的"包公"，体现了人们对清明政治的渴望和期待。同时，这也是元代百姓的呼声。

至清代，长篇侠义公案小说的经典之作《三侠五义》中所记载的包拯形象，已经集民间包公形象之大成，使包拯不畏强暴、刚正不阿、处事干练

的形象更为饱满，因而得以广泛流传。

特别是在清代小说中，增加了包公的身世、包公的三口铜铡由来、开封府三宝，即古今盆、阴阳镜、游仙枕的由来，以及开封四勇士即王朝、马汉、张龙、赵虎的来历，开封师爷公孙策的来历，展昭、白玉堂等人的来历等详细内容，其中包括大量包公断案和侠义之士游行乡里除暴安良、为国为民的故事，把包公的形象塑造得更为丰满、鲜活，把包公的传说推向高峰。

有关包公的故事和传说，自宋元以后，就在民间一直盛行不衰，直至形成现在丰富多彩的文学艺术形象，深受广大劳动人民的敬仰和爱戴。

在我国戏曲史上，没有一位官吏能够像包拯那样，可以如此频繁地出现在历代的戏剧舞台上，久演不衰，并且成为一类非常独特的戏剧通称，即包公戏。

戏剧中的包公，并不等同于历史上的真实人物包拯，而是改编自文学包公的带有某种理想化的包公形象。包公既是一位清正廉明、铁面无私、心智过人、执法如山的清官，又是一个半神半凡的超人。在他的身上，反映了老百姓对于清官的企盼，和对社会公正的向往。

包拯铁面无私，刚直不阿，不畏权贵，清正廉洁，因而成为了清官学习的好榜样。

> **知识点滴**
>
> 　　包公戏的流行，从南到北涉及所有的戏曲种类。包公戏情节曲折，是非分明，深得人们的喜爱。包公的脸谱和传统戏剧中的所有脸谱不同，它墨黑如漆，在眉头上用白色油彩勾画出一弯新月，这一脸谱为戏剧中包拯的专用。包公的前额所画，俗称"月形脑门"，名"太阴脑门"。
>
> 　　传说中包公刚正威严，"日断阳间夜断阴"，白天料理人间的案子，夜晚则主持阴间的讼事，需要阴阳两界的"通行证"，而这"月形脑门"，就起到"通行证"的作用。

杨家将满门忠烈千古传

　　我国北宋时期,有一个名将叫杨业。他从小喜好骑马射箭,学了一身武艺。因为他武艺超强,英勇善战,人们称他"杨无敌"。宋太宗对杨业相当器重,起初让他担任郑州刺史,后来又让他担任代州刺史,镇守北方边境。

　　980年3月,辽国出动10万大军,侵犯代州北面的雁门关。警报传到代州,杨业手下只有几千骑兵,力量相去甚远,大家都很担心。杨业决定出奇制胜,带领几百骑兵,从小路绕到雁门关北面,在敌人背后进行攻击。

　　辽军正大摇大摆向南进军,不料一声呐喊,宋军从背后杀了出来。辽军大惊,不知道宋军有

多少人马，吓得四散逃奔。这一仗，辽国的一个驸马被杀死，还有一个大将被活捉。

杨业以少胜多，打了一个大胜仗。宋太宗非常高兴，特地给杨业升了官。从此，"杨无敌"的威望越来越高了。

辽军不堪失败，稍作修整之后卷土重来，气势汹汹，山西大片土地失陷。杨业父子和他们的部下虽然英勇善战，毕竟寡不敌众。他们从正午一直打到黄昏，只剩下一百多人，好不容易突出重围，且战且走，退到陈家谷。

哪知将领潘仁美的军队不顾杨业的安危，早已逃跑了。杨业只好带领部下，再跟辽军死战。将领王贵用箭射死了几十个敌人，箭射完后，又用弓打死了几个敌人，最后壮烈牺牲。杨业的儿子杨延玉和其他将士也在战争中牺牲了。

杨业受了十几处伤，还继续苦斗，杀死了几十个敌兵。他因为伤势太重，加上战马重伤，实在走不动了，就到树林中去躲一躲，不幸被敌人射倒。他被俘以后，坚贞不屈，绝食而死。

杨业有7个儿子，除杨延玉牺牲外，最著名的要数杨延朗。杨延朗后来改名杨延昭，他镇守边关20多年，曾多次打败辽军的侵扰。杨延昭的儿子杨文广，也是一个将军，曾在西北和河北一带镇守边境。

杨家三代人英勇抗辽，为保卫宋王朝做出了巨大贡献，他们戍守北疆、满门忠烈、精忠报国的动人事迹，赢得了人们的尊重。

由于史籍中关于杨家将的记载实在过于简略，显然满足不了人们对英雄的期待。于是，"杨家将"在传颂的过程中，不断被丰富、充实、发展，原本只有三代的杨家将被谱写成了五代。原本只是男儿的铁血沙场，又融入了杨业的妻子佘太君、女将穆桂英等生动如花的女英雄。这或许是人们在以历史谱写英雄，抑或是借英雄寄语历史。

同时，在抗击敌侵过程中，妇女曾经发挥过重要作用。在这种情况下，以杨业一家忠烈勇武的事迹为基础，逐步扩衍成了"杨门女将"的传奇故事。

相传辽国的护国军师任道安借助杨家将的力量，已经将天门阵提升至人阵合一的境界，附近村落的无辜百姓被妖阵迷惑心智，相互残杀，生灵涂炭。

天门阵人阵合一，其中暗藏玄机，往往令人防不胜防。穆桂英认为，妖阵必定与任道安生辰相连，由此推算出了天门阵的心脏位置便是其死门。如果可以直捣此地，便可一举摧毁天门阵，但闯阵之人也会与天门阵同归于尽。

谁知杨家护院杨安早已决定以身犯险来报杨家恩情，结果杨安战死于天门阵，军中将士情绪低落，无心恋战。佘太君无奈之下下了遣散令。此时出家为僧的杨五郎及时赶到，激励大家重燃斗志，团结一心，誓死与天门阵同归于尽。

众人决定3日之后，趁天门阵阵势正弱将其一举攻破，商议布下竹笛阵，以五音十二律克制妖阵幻音，以降龙木之正气化解阵中幻影，杨家上下一心视死如归。最终天门阵在正义之剑下化为灰烬。

经此一役，辽朝萧太后心灰意冷，答应与杨家将化干戈为玉帛，自此之后永不犯境。

大破天门阵之后，杨家将班师回京，宋真宗亲自迎接，并犒赏三军，御赐金匾"巾帼英雄"，下旨普天同庆。自此，杨门女将和杨家将的美名开始在民间代代相传。

到了南宋，民间艺人把杨家将，包括杨门女将在内的故事编成了话本，并在民间越传越盛。由于北宋最终为外敌所灭，南宋人们崇拜英雄的心情非常强烈。面对屈辱求和的南宋政府，他们对那些血战保国的将领更加敬仰和怀念。

到了元代，杨家将故事形式又有新拓展，出现了杂剧，比如《昊天塔孟良盗骨》等。到了明代，杨家将故事进一步丰富，出现了《杨家将演义》《杨家将传》，杨家将故事以小说、评书的形式广泛流传。这些故事反映的时间跨度加大，从宋太祖赵匡胤登基一直写到宋神宗赵顼，约100年的历史，编织了杨家祖孙世代抗敌的英勇故事。

明代中后期，外敌虎视，这种局面与宋代何其相似，杨家将成了借古言今的最好武器。与此同时，明政府也非常推崇杨家将，希望借此宣扬忠君思想。

在这样的时代氛围之下，民间艺术家在传说和戏曲的基础上，改编出历史演义小说，如明代纪振伦的《杨家将通俗演义》，加上清代熊大木的《北宋志传》，这两部书使得杨家将故事定型，为后来的戏曲和说唱文学提供了丰富素材。

明清两代，戏曲舞台上以杨家将为题材的剧目就有360出之多。京剧和其他地方剧种还经常上演《四郎探母》《穆桂英挂帅》等剧目。这些小说和戏曲，与历史事实出入已经很大，成了英雄传奇。

凝聚在杨家将传说故事中的前仆后继、忠心报国的伟大精神，是千百年来我国人们面对侵扰和欺凌，反抗侵略、保家卫国、追求和平美好希望的一种寄托，充满了强烈的爱国主义精神，闪耀着璀璨的理想主义光芒。

知识点滴

"血战金沙滩"是杨家将故事中，杨家将打得最悲壮、最惨烈的一仗。戏曲《金沙滩》演的就是这件英勇悲壮的事迹，但鹿跨涧村民什么戏都看，唯独不看《金沙滩》这出戏。

据说有一年春天，村里人点了《金沙滩》。开戏前，天气晴朗，风尘不动。戏开后，契丹兵向杨家将猛烈进攻，这时突然狂风大作，飞沙走石，风沙过后，台上杨老令公披挂上阵，领兵迎敌。

演到二郎、三郎惨死疆场时，突然从西北方向滚过一团乌云，刹那间电闪雷鸣，瓢泼大雨从天而降，整个场子里成了风雨世界。风雨过后，人们说这是祖宗对咱们的报应，老祖宗不想让咱们再提那些伤心的事，此后，再也不演《金沙滩》了。

岳飞尽忠报国传佳话

我国北宋时期，北方游牧部落不断闯到宋境内抢东西，而且还杀人、放火，让很多人没有房子住，没有东西吃。当时的北宋政府，宦官专政，军备废弛。面对外敌的侵袭，河南安阳汤阴县的岳飞，在国家危难之际，一心想尽自己的义务，决定投军，保家卫国。

在战争实践中，岳飞变得越来越成熟，显示出超凡的军事才能。他主张"连结河朔"，希望黄河以北的义军和宋军互相配合，夹击敌军，以收复失地。

从1128年遇元帅宗泽起到1141年为止的十余年间，他率领岳家军同金军进行了大小数百次战斗，所向披靡，以至于敌人也不得不佩服地说："撼山易，撼岳家军难。"

岳飞治军，赏罚分明，纪律严整，他率领的"岳家军"号称"冻杀不拆屋，饿杀不打掳"。所以岳家军所到之处，民众无不欢欣围观，"举手加额，感慕至泣"。

岳飞能体恤部属，以身作则。他与将士同甘苦；待人以恩，常与士卒最下者同食。士卒伤病，岳飞亲自抚问；士卒家庭困难，让相关机构多赠银帛；将士牺牲，厚加抚恤。因此，岳飞深得兵民爱戴。

岳飞一贯反对消极防御战略，主张积极进攻，以夺取斗争的胜利。但是以宰相秦桧为主的保守派却一意求和，以12道金牌下令退兵，岳飞在孤立无援之下被迫班师。在宋金议和过程中，岳飞遭受秦桧等人的诬陷，被捕入狱。1142年1月，岳飞被加以"莫须有"的罪名，与长子岳云和部将张宪同时被害。

岳飞被害后，狱卒隗顺冒死将岳飞遗体背出杭州城，埋在钱塘门外九曲丛祠旁。隗顺临终前，才将此事告知其子。1162年宋孝宗即位

之后，岳飞的冤案终于平反。隗顺之子告以前情，宋孝宗诏命将岳飞礼葬在西湖栖霞岭。1178年，谥岳飞为"武穆"，宋宁宗时追封为"鄂王"，宋理宗时改谥"忠武"。

岳飞在战争中联合军民，保住了南宋半壁河山，使得人民免遭敌军的蹂躏，人民对岳飞感念备至。加之在漫长的历史演变中，人们厌倦了战争，极度渴望过上幸福安康的日子。所以，关于岳飞的传说在民间一直都盛行不衰。

据说，岳飞小时候家里非常贫穷，但是他很喜欢看书，尤其是喜爱看打仗的书，他立志，长大以后做一个大将军，率领一支军队去保家卫国，不让自己的国家受到别人欺负。他经常帮助母亲干农活儿，所以他的身体练得很结实，他还经常帮助邻居们干活儿，周围的大人们都说他是一个又健康又聪明的孩子。

后来，小镇上来了一个叫周桐的老人，岳飞听说他的武艺非常高强，就和一些小朋友跟他练起了武术。由于岳飞训练时不怕吃苦，从来不像其他一些小孩子那样偷懒，所以武艺长进得非常快。

过了几年，岳飞长成一个大小伙子，也学得了一身本领。这时，国家正处在生死存亡的关头，面对侵略者的袭扰，岳飞忧心忡忡。不久之后，他决定投军。临行前，岳飞的母亲把他叫到跟前，说："现在国难当头，你有什么打算呢？"

"到前线杀敌，精忠报国！"岳飞斩钉截铁地说。母亲虽然不舍，但是听了儿子的回答，却十分欣慰，因为"精忠报国"正是自己对儿子的殷切希望。她决定把4个字刺在儿子背上，让他铭记在心。

于是，岳飞解开上衣，露出脊背。随后，母亲在他后背上刺了"精忠报国"这4个字。从此，"精忠报国"就永不褪色地留在了岳飞的后背上。

岳飞投军后，因作战勇敢很快升为秉义郎。这时宋都开封被敌军

围困，岳飞随副元帅宗泽前去救援，多次打败敌人，受到了宗泽的赏识，称赞他"智勇才艺，古良将不能过"。

岳飞是历史上有名的孝子。他把母亲接到军营中后，唯恐侍奉不周，每晚处理好军务，便到母亲处问安。当母亲生病时，他亲尝汤药，跪送榻前，连走路都微声屏气而行，生恐吵扰了母亲休息。凡遇率军出征，必先嘱咐妻子李娃，好好侍奉母亲。岳飞认为：

若内不能克事亲之道，外岂复有爱主之忠？

岳飞虽是武将，但他文采横溢，有儒将风范。他爱好读书，书法颇佳，时人称"室有邺架""字尚苏体"。他还爱与文人士子交往，"往来皆高士"。他写的《小重山》不似《满江红》那样豪情万丈，可却是借琴弦抒发着心中无言的呐喊。岳飞这一生，为国家浴血沙

场，赤胆忠心，不为功名，其高风亮节，令世人感佩。

岳飞是著名的民族英雄，为历代人民所敬仰。明代中期，岳飞的故事开始广为流传，岳飞也开始成了一个家喻户晓的人物。这一时期表现岳飞故事的小说、戏剧如《精忠记》《武穆精忠传》《精忠旗传奇》等都有岳飞背上刺字的描写，刺字版本不一，最普及的则是"精忠报国"。

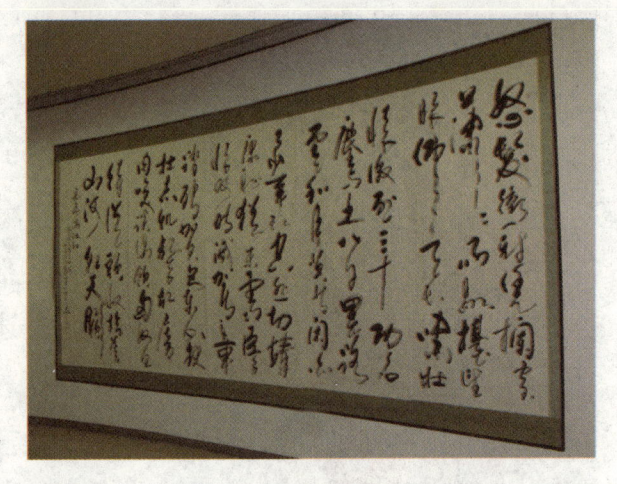

明成化年间创作的《精忠记》，也曾提及岳飞背脊有"赤心救国"字样。

明嘉靖年间的《武穆精忠传》中记载了另外一种说法，说有一次岳飞见汤阴家乡有人因生活所迫，聚啸山林，为了自勉和勉人，于是请工匠在背上深刺了"尽忠报国"4个字。

明末，由李梅草创，文学家冯梦龙改定的《精忠旗传奇》称：

史言飞背有"精忠报国"四大字，系飞令张宪所刺。

"岳母刺字"的故事最早见于清乾隆年间，浙江小说家钱彩评《精忠说岳》，该书第22回的标题是"结义盟王佐假名，刺精忠岳母训子"。内容为，岳母恐日后有不肖之徒前来勾引岳飞，倘若一时失察受惑，做出不忠之事，英名就会毁于一旦，于是祷告上苍神灵和

祖宗，在岳飞背上刺了"精忠报国"4个字。

该书叙述岳母刺字时，先在岳飞脊背上，用毛笔书写，再用绣花针刺就，然后涂以醋墨，使其永不褪色，描述得具体而详细。

在儒教思想的影响下，"岳母刺字"逐渐被赋予众多的文化内涵，这也是其久盛不衰的重要原因。后人评书将"尽忠报国"称为"精忠报国"，并编岳飞的母亲也被人们称为古代贤母，她作为母教典范和妇女楷模，在国家危亡之际，励子从戎，精忠报国，被传为佳话。

知识点滴

歌颂岳飞的英雄事迹在民间广为流传，其中传颂岳母刺字的故事也极为流行。但是岳母刺字的故事，在历史上却查无依据。宋人的笔记和野史均无记载，包括岳飞的曾孙岳珂所著的《金陀粹编》也没有记录。

岳母刺字始见于元人所编的《宋史本传》，书云："初命何铸鞫之，飞裂裳，以背示铸，有'尽忠报国'四大字，深入肤理。"但书中未注明此四字出自岳母之手。

爱情传说

  在我国古典文学宝库中，除了有史书记载的爱情主题作品外，还有一类民间流传的爱情故事，这类故事不仅内容丰富，而且充满了艺术魅力。比如《牛郎织女》《梁山伯与祝英台》等。

  我国民间的爱情传说，是指在我国民间以口头、文稿等形式流传最为宽广、影响最大的神话传说。它们和其他民间传说故事构成了我国民间文化的一个重要组成部分，对广大民众的生活有着深刻的影响。

感天动地的牛郎织女

很久以前，我们祖先过着日出而作、日落而息的生活。每当日落之后，他们就会仰望头顶上那片璀璨的星空，久而久之，人们发现日月星辰都有一定规律，就对其产生了浓厚兴趣。

最先，我们的祖先就将这些天文知识刻在甲骨上，无论是对太阳、月亮、行星、彗星、新星、恒星，还是日食和月食等罕见天象，都有着悠久而丰富的记载。

随着人们对天文的认识和纺织技术的产生，就有了有关牵牛星和织女星的记载。根据我国宋代著名类书《太平御览》卷31引西晋周处的《风土

记》记载：

七月初七日，其夜洒扫于庭，露施几筵，设酒脯时果，散香粉于筵上，以祈河鼓织女，言此二星神当会。

此处的"河鼓"和"织女"，指的就是牵牛星和织女星。据民间传说，牵牛星是谷物之神，织女星则是天帝之女桑蚕之神，谷物神和桑蚕神都是我们这个农耕民族的先民极为重视的神祇。那时的人们，认为东西南北各有7颗代表方位的星星，合称二十八星宿。而牵牛星和织女星每到初秋七月份时，两星的运行就显得最为突出。

人们还发现，牵牛星在织女星的东方，中间有白蒙蒙的像云一样的东西，从北到南断断续续地横过天空，人们把它叫作天河。天河东南面有排成一条直线的3颗星，中间一颗很亮，两旁的光亮较弱，看上去与中间一颗距离恰好相等。这3颗星叫天平星，也叫挑担星。

这中间的那颗最大最亮的就是牛郎星，也叫作牵牛星。它的光亮稍稍带点黄，不及织女星那么亮。于是，出于对自然的崇拜，人们在这两颗星星的基础上，将它们人格化了，民间便出现了大量关于牛郎和织女的传说故事，并一步步趋于了完美。

话说牵牛被贬之后，落生在了一个农民家中，取名叫牛郎。后来因为父母早亡，他便跟着哥嫂度日。但是，哥嫂待他非常刻薄，要与他分家，最后只给了他一头老牛和一辆破车，其他的都被哥哥嫂嫂独占了。

从此，牛郎和老牛相依为命，他们在荒地上披荆斩棘，耕田种地，盖造房屋，勉强可以糊口度日。这一天，老牛突然开口说话了，它对牛郎说："牛郎，今天你去碧莲池一趟，那儿有些仙女在洗澡，你把那件红色的仙衣藏起来，穿红仙衣的仙女就会成为你的妻子。"

牛郎见老牛口吐人言，又奇怪又高兴，便问道："牛大哥，你真会说话吗？你说的是真的吗？"老牛点了点头，牛郎便悄悄躲在碧莲池旁的芦苇里，等候仙女们的来临。

不一会儿，仙女们果然翩翩飘至，脱下轻罗衣裳，纵身跃入清流。牛郎便从芦苇里跑出来，拿走了红色的仙衣。仙女们见有人来了，忙乱纷纷地穿上自己的衣裳，像飞鸟般地飞走了，只剩下没有衣服无法逃走的仙女，她正是织女。织女见自己的仙衣被一个小伙子抢走，又羞又急，却又无可奈何。

这时，牛郎走上前来，对她说：

"答应做我妻子，我才能还给你衣裳。"织女定睛一看，发现牛郎正是自己日思夜想的牵牛，便含羞答应了他。这样，织女便做了牛郎的妻子。

他们结婚以后，男耕女织，相亲相爱，日子过得非常美满幸福。不久，他们生下了一儿一女，十分可爱。牛郎织女满以为能够终身相守，白头到老。可是，王母知道这件事后，勃然大怒，马上派遣天神仙女捉织女回天庭问罪。

这一天，织女正在做饭，下地去的牛郎匆匆赶回，眼睛红肿着告诉织女："牛大哥死了，他临死前说，要我在他死后，将他的牛皮剥下放好，有朝一日，披上它，就可飞上天去。"

织女一听，她明白，老牛就是天上的金牛星，只因替被贬下凡的牵牛说了几句公道话，也被贬下天庭。但织女心中纳闷，它怎么会突然死去呢？织女便让牛郎剥下牛皮，好好埋葬了老牛。

正在这时，天空狂风大作，天兵天将从天而降，不容分说，押解着织女便飞上了天空。这时，织女听到了牛郎的声音："织女，等等我！"织女回头一看，只见牛郎用一对箩筐，挑着两个儿女，披着牛皮赶来了。

慢慢地，他们之间的距离越来越近了，织女可以看清儿女们可爱

的模样了,孩子们都张开双臂,大声呼叫着"妈妈"。

眼看牛郎和织女就要相逢了,可就在这时,王母驾着祥云赶来了,她拔下头上的金簪,往他们中间一划,霎时间,一条波涛滚滚的天河横在了织女和牛郎之间,无法横越。

织女望着天河对岸的牛郎和儿女们,直哭得声嘶力竭,牛郎和孩子也哭得死去活来。他们的哭声是那样揪心,催人泪下,连在旁观望的天神们都觉得心酸难过。

王母见此情此景,也为牛郎织女的坚贞爱情所感动,便同意让牛郎和孩子们留在天上,每年七月七日,让喜鹊在天河上搭桥,牛郎和织女相会一次。从此,牛郎和他的儿女就住在了天上,隔着一条天河,和织女遥遥相望。

牛郎和织女鹊桥相会的美丽传说,寄托了古代人们对有情人长相守的一种美好向往和愿望。

其实,在我国古代的文献中,牛郎和织女最初是作为两个星星的名字而出现的。这两个星名最早见于《诗经·小雅》中的《大东》

篇，诗中将牛郎称为牵牛。

　　古人之所以关注天上的星星，是因为星星在夜空中位置的变化可以用来标农时、记时令，而牵牛、织女两星则是作为秋天到来的标志受到古人瞩目的。

　　这一点，在我国历史上第一部历法《夏小正》中就说得很明白："七月……初昏，织女正东向"一句"织女正东向"，蕴含了牛郎和织女七夕会天河这一故事的全部秘密。

　　到了东汉时期，无名氏创作的《古诗十九首》中，有一首《迢迢牵牛星》，描写了牛郎织女凄美的爱情故事，诗中写道：

迢迢牵牛星，皎皎河汉女。
纤纤擢素手，札札弄机杼。
终日不成章，泣涕零如雨。

河汉清且浅,相去复几许?

盈盈一水间,脉脉不得语。

从这首诗中可以看出,牵牛、织女已是一对相互倾慕的恋人。

在文字记载中,最早称牛郎、织女为夫妇的,应是南北朝时期梁代的肖统编纂的《文选》,这时"牛郎织女"的故事和七夕相会的情节,已经初具规模了,由天上的两颗星发展成为夫妻。

但是在古人的想象中,天上的夫妇和人间的夫妇基本上是一样的,因此,故事中还没有什么悲剧色彩。在东汉应劭编纂的《风俗通义》中有一段记载:

织女七夕当渡河,使鹊为桥,相传七日鹊首无故皆髡,

因为梁以渡织女也。

这表明，在当时，不仅牵牛、织女为夫妻之说已被普遍认可，而且他们每年以喜鹊为桥、七夕相会的情节，也在民间广为流传，融入了风俗之中。

随着时间的推移，这个故事在继续丰富和发展。在《荆楚岁时记》中有这样一段记载：

天河之东有织女，天帝之子也，年年织杼劳役，织成云锦天衣。天帝哀其独处，许配河西牵牛郎，嫁后遂废织衽。天帝怒，责令归河东，唯每年七月七日夜一会。

牛郎织女的故事发展到此，又起了较大的变化。由于牛郎织女婚后贪图享乐，"废织衽"，因而激怒了天帝，受到惩罚。这便给故事带来了悲剧气氛。

　　那么，为什么在后一个传说中，要加进老牛这个角色，并使它在故事中发挥了巨大的作用呢？这因为牛是农家宝，农民热爱耕牛，甚至还在耕牛身上寄托着自己的生活理想。

　　当生活的理想遭到阻碍时，农民容易产生求助于牛的幻想，希望牛发挥神奇的力量，帮助自己渡过难关。同时，把动物人格化，也是各种民间传说经常采用的艺术手法之一。

　　牛郎织女的故事，反映了古代人民反对封建礼教、追求幸福生活的美好愿望，对美好爱情的向往，追求和崇尚对爱情的忠贞不渝。让人们相信爱情来之不易，让人们更加珍惜爱情的难能可贵。

知识点滴

　　牛郎和织女的故事在我国还有很多种说法。相传，很久以前，牛郎与老牛相依为命。一天，老牛让牛郎去树林边，说看到一位美丽的姑娘，她将和他结为夫妻，牛郎纳闷，但还是去了，事情和老牛说的一样，他见到了那位美丽的姑娘，而且他们过上了幸福的日子，并生了儿女。

　　可是好景不长，老牛交代完事情就死了，织女也被天兵抓走了。于是，牛郎带着儿女披着牛皮追织女，就快追到时，王母拿下簪子划了条天河，他们被隔开了。从此，他们天天隔河相望啼泣，以泪洗面，感动了王母娘娘，于是允许他们每年七月七日相会一次。相会时，由喜鹊为他们架桥。

孟姜女为情郎哭断长城

　　传说在秦灭六国之后，实现了中原的统一，但是北方匈奴的势力还很强。为了维护统一，巩固新生政权，秦始皇开始修筑长城，以阻挡匈奴铁骑的入侵，保护北方边境地区人民的生命财产安全。

　　长城是个浩大的工程，需要大量的人力、物力和财力。据记载，秦始皇使用了近百万劳动力修筑长城，占全国总人口的二十分之一。当时没有任何机械，全部劳动都由人力完成，工作环境又是崇山峻岭、

峭壁深壑，十分艰难。于是民间就流传出了孟姜女哭长城的故事。

据传说，秦始皇为了防止匈奴人南掠，征调全国青壮劳力，加紧修筑长城。在被征调的人当中，范喜良就是其中的一个。

为了躲避服役，范喜良乔装改扮，偷偷地逃跑了。他一路劳顿，饥渴难耐，这天恰好路过孟家庄孟老汉家的后花园，就翻墙到园中稍作歇息，恰好惊动了园中散心的孟姜女。

孟姜女又惊又恼，急忙找来父母。孟老汉对这个私进自己后花园的人非常生气，问道："你是什么人，怎么敢私进我的后花园？"

范喜良急忙连连请罪，并向孟老汉一五一十地诉说了原委，边说边向孟氏父女连连告罪。孟姜女见他还算知礼，看上去人也忠厚老实，很是喜欢，一颗芳心暗许。孟老汉对范喜良也很同情，便留他住了下来。

过了些日子，孟姜女向父亲表明心意，孟老汉心里也喜欢这个知书达理的小伙子，听了非常赞成，就对范喜良笑着说道："你现在到处流落，也无定处，我想招你为婿，你以为如何？"

范喜良乍听愣了一下，急忙推辞说："这可不行呀，我是一个逃命的人，居无定所，只怕会连累小姐。"

可是孟姜女心意已决，非喜良不嫁，范喜良看在眼里，心里面早就明白孟姜女的心意，他不忍看她为了自己而伤心，就答应了这门亲事。孟老汉乐得嘴都合不上了，就挑选个吉日，给他们完婚。

孟家庄有一个无赖，平时喜欢拈花惹草，无所事事，见孟姜女长得如花似玉，就起了歹心，多次上门求亲想抱得美人归，但是孟老汉坚辞不允，几次下来，他便怀恨在心，伺机报复。

听说了孟姜女即将成婚的消息，这个无赖气更是不打一处来，急忙派人打听事情的原委。得知范喜良是逃避劳役才到孟家庄的消息，便偷偷地到官府去告了密，并亲自带着大队的官兵前来抓人。

这时的孟家还蒙在鼓里呢，两位新人刚刚新婚3天，仍沉浸在新婚喜悦之中，忽然"哗啦啦"一声，大门被撞开了，一群官兵冲了进来，不由分说便把范喜良绳捆索绑，要把人带走。孟姜女急忙扑上去，却被官兵一把推开，眼睁睁地看着自己的夫君被官兵带走。

从此以后，孟姜女日夜思念自己的夫君，茶不思，饭不想，每天忧伤不已。孟家老汉看着日益憔悴的女

儿,心疼地偷偷抹眼泪。

转眼间,冬天到了,刺骨的寒风呼呼作响,接着大雪纷纷,一时天寒地冻。

一天夜里,孟姜女梦见范喜良身穿单薄的衣衫,在寒风中冻得瑟瑟发抖,满眼可怜地望着孟姜女。醒来之后,望着皑皑白雪,想着自己的丈夫修长城,天寒地冻,无衣御寒,便日夜赶着缝制了一件棉衣。孟姜女做好了棉衣,天刚蒙蒙亮就告别了父母,千里迢迢踏上了为夫送棉衣的路程。

孟姜女一路上跋山涉水,风餐露宿,不知饥渴、劳累,只知昼夜不停地往前赶,心想着和夫君团圆。

这一天,孟姜女终于来到了长城脚下。她看到民夫数以万计,可就是望不见自己的夫君。她逢人便打听,有个好心的民夫告诉她,说范喜良早就因为过度劳累而去世了,被埋在长城里筑了墙。

孟姜女一听,心如刀绞,便求好心的民夫引路来到范喜良被埋葬

的长城下。她坐在城下，悲愤交加。想到自己千里寻夫送寒衣，尽历千难万险，到头来连丈夫的尸骨都找不到，柔肠寸断，放声悲哭。

孟姜女对着城墙昼夜痛哭，不饮不食，如啼血杜鹃，望月子规。这一哭感天动地，白云为之停步，百鸟为之噤声。哭了十天十夜，忽听"轰隆隆"一阵山响，一时间地动山摇，飞沙走石，长城崩倒了800里，这才露出范喜良的尸骨。

这事惊动了秦始皇。秦始皇大怒，下令把孟姜女抓来。秦始皇一见她生的貌美如花，便欲纳她为正宫娘娘。

孟姜女怒视着秦始皇，说："要我做你的娘娘，得先依我三件事：一要造长桥一座，十里长，十里阔；二要十里方山造坟墩；三要万岁披麻戴孝到我丈夫坟前亲自祭奠。"秦始皇想了想便答应了。

没过几天，长桥坟墩已全都造好，秦始皇身穿麻衣，排驾起行，过长城上长桥，过了长桥来到坟前祭奠。祭毕，便要孟姜女随他回

宫。孟姜女冷笑道："你昏庸残暴，害尽天下黎民，如今又害死我夫，我岂能做你的娘娘，妄想！"

说完，孟姜女便怀抱丈夫的遗骨，跳入了波涛汹涌的大海。一时间，浪潮滚滚，排空击岸，好像在为孟姜女悲叹。

孟姜女的故事来自《左传·襄公二十三年》中的齐国武将杞梁的妻子，无名无姓，史称为杞梁妻，书中记载：

齐侯归，遇杞梁之妻于郊，使吊之。辞曰："殖之有罪，何辱命焉？若免于罪，犹有先人之敝庐在，下妾不得与郊吊。"齐侯吊诸其室。

就是说，杞梁之妻要求齐侯在宗室正式吊唁杞梁。其中既没有哭，也没有长城或者城墙，更无城崩、投水等情节。

"哭"的情节早在《礼记·檀弓》记曾子提到"杞梁死焉，其妻迎其柩于路，而哭之哀"。刘向的《说苑·善说篇》加上"崩城"的内容，接着刘向在《列女传》中又加上"投淄水"的情节。

一些诗词也有对杞梁妻的描述。三国时曹植在《黄初六年令》中说"杞妻哭梁，山为之崩"。敦煌石窟发现的隋唐乐府中有"送衣之曲"，增加了送寒衣的内容。

唐代贯休的诗作《杞梁妻》首次将故事时间移动到秦代，并将"崩城"变成"崩长城"：

秦之无道兮四海枯，筑长城兮遮北胡。筑人筑土一万里，杞梁贞妇啼呜呜。上无父兮中无夫，下无子兮孤复孤。一号城崩塞色苦，再号杞梁骨出土。疲魂饥魄相逐归，陌上少年莫相非。

这时的内容和后来的传说故事已经差不多了。杞梁后来讹化成万喜良或范喜良，其妻成为孟姜女。

从元代开始，孟姜女的故事就被搬上舞台，成为众所周知的一大民间传说。随着孟姜女故事的流传，各地兴起了建庙热。孟姜女最早的庙建于北宋时期，河北徐水和陕西铜川都发现北宋大中祥符年间和

清代嘉庆年间重修姜女庙的碑刻。

孟姜女的故事不仅流传的时间漫长，受其影响的地域也十分广泛。不同的地方根据当地的民俗和民众的不同兴趣取向，对这个故事进行了各种改造，使孟姜女的传说具有了鲜明的地域色彩。

许多方志都把孟姜女说成是本地人，临淄、同官、安肃、山海关和潼关都有孟姜女的墓冢。清末上海拓建马路时，曾于老北门城脚掘出一石棺，中卧一石像，胸有"万杞梁"3字，是明嘉靖年间上海建城时所埋。

孟姜女和范喜良是古代劳动人民塑造出来的两个典型人物。南宋名臣文天祥曾经在孟姜女塑像旁书写楹联："秦皇安在哉，万里长城筑怨；姜女未亡也，千秋片石铭贞。"这当是中允之论。

知识点滴

在我国秦皇岛的山海关，一直都被后人认为是"孟姜女哭长城"之地，并在那里盖了孟姜女庙，南来北往的人们常在那儿凭吊。庙中有楹联这样说："秦皇安在哉，万里长城筑怨；姜女未亡也，千秋片石铭贞。"为南宋名臣文天祥遗迹。

庙东南4千米处两块露出海面的礁石，据说是孟姜女的坟与碑，庙后巨石上的小坑，为孟姜女望夫所踏足迹。所以石上刻有"望夫石"3个大字。庙内殿门两侧还有一副非常有名的对联"海水朝朝朝朝朝朝朝落，浮云长长长长长长长消。""朝""长"两字按汉字不同读音能读出几种不同的意思。

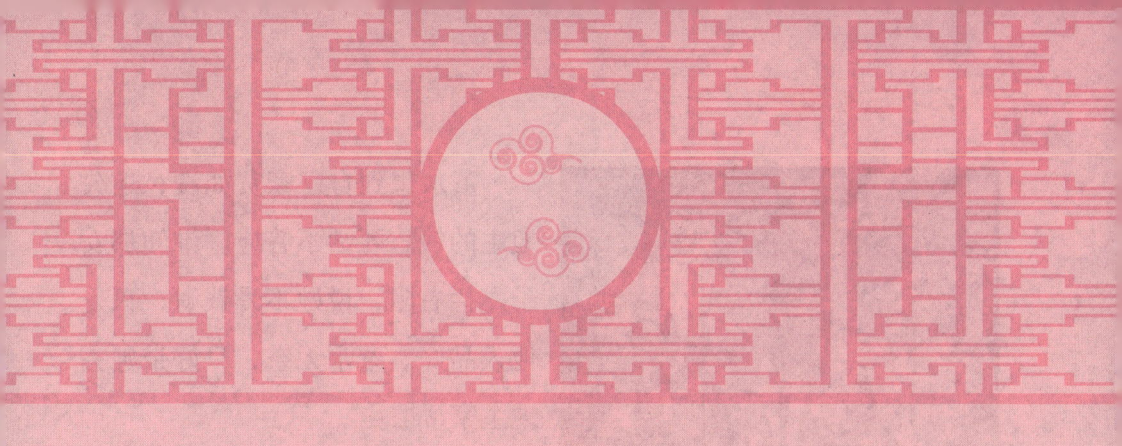

孝行感天的董永配天仙

汉代时,在湖北孝感有一个闻名的孝子,姓董名永,他的家境非常贫困,父亲还身患重病,不久将撒手人寰了。

父亲去世后,董永无钱办丧事,只好以身作价向地主借钱,埋葬父亲。丧事办完后,董永为了尽早还钱,就去地主家做工。在去地主家的半路上,董永遇到一位美貌的女子,要董永娶她为妻。

董永想到自己家贫如洗，还欠地主的钱，死活不答应。谁知那女子左拦右阻，说她不爱钱财，只爱他人品好。董永无奈，只好带她去地主家帮忙。

那女子心灵手巧，织布如飞。她昼夜不停地干活，仅用了一个月的时间，就织了300尺的细绢，帮助董永还清了地主的债务。在他们回家的路上，走到一棵槐树下时，那女子便辞别了董永。

正所谓"百行孝为先"，董永作为一个普普通通的农民，他的事父至孝的故事，被人们当作典范。而在流传过程中，董永的故事也随之发生了明显的变化，渐渐由孝子故事演变为爱情故事，在民间广泛流传，逐步趋于完善。这个民间故事的演变，反映了人们丰富的思想感情。

相传，董永的父亲为董秀，会打铁铸造、木工制作，住在武陟大董村。后来大董村被沁河冲毁后，就迁到小董村。在董永很小的时候，董永的母亲不愿受恶人欺压自尽而死。

董秀只好挑着一根扁担，担着董永和行李，逃难到山西高平，以打铁为生。董秀手艺好，为人忠厚，很受当地人欢迎。

在高平住了几年，董秀还给董永找了后娘，母子感情也亲如骨肉，后来一家人搬到长安居住。西汉末年，王莽继位，长安动荡不安，董秀又生了病，于是就萌生了归意，携带妻儿回到武陟小董村，一年以后病故。

当时董永才12岁，心里非常悲痛。村里人见他们家太穷，愿意出力帮他把父亲埋了。董永非常孝顺，说父亲当了一辈子木匠、铁匠，死了连口棺材都没有，做儿子的宁可自己当推磨工，也要给父亲买棺木下葬，奉养继母。

从小董村往东有个付村，村里有个财主，人称付员外，在小董集镇上有商号。经商号老板说合，付员外买棺材帮董永埋葬了父亲，董永便到付家终身为奴，当推磨工。

从此，每天天不亮，董永就起身往付村做工，晚上提着饭罐回家照顾继母，时间久了，在田间走出一条小路。

种田人虽爱惜土地，但因为董永行孝，很受感动，就把董永走的

小路保留了下来。就连小路上的小草也被感动了，早上向东倒，晚上向西倒，不绊董永的脚。

董永的故事越传越远，感动了朝廷，感动了上天，也感动了王母娘娘的一个女儿七仙女。七仙女在下凡村的落仙台处下凡后，便在董永回家的路上与他在槐荫寺的一棵大槐树下相遇，七仙女说无家可归，要与董永成亲。

董永说自己卖身为奴，娶不起媳妇，不敢相攀。但七仙女说愿意跟他受贫寒，便以槐树为媒，土地为证。董永不信，除非土地爷现身作证，老槐树开口说话。

于是老槐树开口说他们是前生姻缘，给他俩当媒人，董永和七仙女便在槐树下成亲。

听说七仙女要为董永赎身，付员外百般刁难，给她乱丝，让她在3日之内织出黄绫百匹。

七仙女大显神通，一夜之间织好了100匹花团锦簇的黄绫，3天就织出300匹。从此，换得了董永的自由，过起了男耕女织的幸福日子。

没过多久，玉帝发现七仙女下凡，就差天兵天将把她追回天庭，如有违命，就将董永碎尸万段。

七仙女不忍丈夫无辜受害，只得将自己的来历向董永说明，并在槐荫树上刻下"天上人间心一条"的誓言，怀着依依不舍的心情，返回天庭。

这个故事承载了人们太多无法实现的人生梦想，所以魅力无穷，长盛不衰，一直都是那么深入人心。

虽然《董永与七仙女》故事传说的原生结构并没有改变，但故事情节、人物形象甚至思想内涵都在不断地丰富和创新。

孝感地区流传的董永与七仙女的传说，在孝感深深扎根，发育成熟，堪称优秀的民间口头语言艺术作品。通过说唱、戏曲等多种样式的艺术创造走向全国，产生了广泛而深远的影响。它既是我国孝文化的集中体现，又是神奇幻想同人间现实巧妙融合的优美艺术作品，蕴含着我国各个历史时期的社会经济、政治、文化等方面的信息，具有珍贵的历史研究价值。

董永与七仙女的故事传说，千百年来深受人民群众喜爱，可谓家喻户晓，是中华民族广为流传的著名民间传说之一，在国外也有一定影响。它不仅体现了孝行这一传统美德，也反映了人们对爱情的渴望，对婚姻自由的追求。这个美丽的传说将流传千秋万代。

知识点滴

明代人所编的一部载录宋元旧话本的小说集《清平山堂话本》中，保存着一篇完整的话本小说《董永遇仙传》。

《董永遇仙传》中说，董永的儿子董仲舒为了寻母，道士严君平指点道："难得这般孝心。我与你说，可到七月七日，你母亲同众仙女下凡太白山中采药，那第七位穿黄的便是。"董永所遇的仙女第一次成了"七仙女"。从此之后，明清以来的各种地方戏中，董永所遇的仙女都叫七仙女了。

梁山伯与祝英台化蝶双飞

相传东晋时期，浙江上虞有一个民风淳朴的小村庄，名叫祝家庄。祝家庄有一个姑娘叫祝英台，她生得聪明又美丽，不但会绣花剪凤，还喜欢写字读书。祝英台长到15岁的时候，就一心想到外地的私塾里去读书。于是，她就假扮成男子，丫鬟扮作书童挑着书箱，离开家求学去了。

在赶路的途中，祝英台和丫鬟二人感觉有些累了，就来到路旁小亭子里休息。这时，路上走来一个书生和一个书童，也到亭子里来歇脚。他们互相问候，祝英台才知道这位书生叫梁山伯，也是到学馆求学的。

祝英台和梁山伯谈得十分投机，大有相见恨晚之意。于是，两个人在亭子里结拜成兄弟，梁山伯比祝英台大两岁，于是祝英台称梁山伯为兄，梁山伯称祝英台为弟，随后几个人便高高兴兴地一同上路了。

祝英台和梁山伯来到学馆，拜见了老师。老师见到这两位聪明英俊的少年来求学，很是高兴，把他俩安排在同一张课桌上学习。

一开始，老师和同学没有发现祝英台是女儿身。可是祝英台女扮男装的事，早被细心的师娘看出来了。师娘把祝英台叫到跟前，说破了真相，祝英台要求师娘保守秘密，师娘答应了，并对这个聪明的女孩子更加细心关照了。而祝英台有什么难处和心事，也都来对师娘讲。

时间飞逝，一晃3年过去了。一天，祝英台接到家信，说她父亲病了，要她赶紧回去。祝英台向老师请了假，又来找师娘，说她和梁山伯同学3年，梁山伯为人诚恳热情，学习勤奋，她已经深深地爱上了他。她把一个玉扇坠儿交给师娘，托师娘做媒，等她走后，为她向梁山伯提亲。

祝英台将启程回家的时候，梁山伯一定要亲自送她。他二人一路上相依相随，总是不愿意分手。祝英台要向梁山伯表露自己的爱情，又不好意思直说，就只好打许多比方来启发梁山伯。

他们二人走到河边，看到河里有一对鹅，祝英台就唱道：

前面来到一条河，河里游着一对鹅，公鹅就在前面游，

母鹅后面叫哥哥。

老实厚道的梁山伯没有听懂她的意思，祝英台只好无奈地继续往前走。途中祝英台又唱了好几首比喻男女爱情的歌，但是梁山伯还是没有明白。祝英台开玩笑地说："你真是一只呆头鹅！"

祝英台又指着池塘里的一对鸳鸯唱道：

青青荷叶清水塘，鸳鸯成对又成双，英台若是红妆女，梁兄啊，

梁山伯叹了一口气说："可惜你不是女红妆啊！"祝英台见梁山伯还是不明白，便说："我家有个九妹，我和她是双胞胎，长得和我一模一样，我愿做媒，让九妹和你结为夫妻，你愿意吗？"

梁山伯本来就很爱祝英台的才貌，一听说九妹和她生得一模一样，就高兴地答应了。

梁山伯和祝英台两人相送了十八里，来到江边，才恋恋不舍地分了手。临别的时候，祝英台和梁山伯约定在七月七日到祝家相亲。梁山伯望着江对岸祝英台的身影越来越远，渐渐地看不见了。

等祝英台千里迢迢回到家里，父亲的病早就好了，他让祝英台换成女孩子的装束，不让她再外出读书了。这时，恰巧有一家姓马的大

财主来求亲，父亲就把祝英台许配给马家的儿子。

祝英台知道后，坚决不答应这门亲事，她对父亲说自己已爱上了梁山伯，并且托了师娘做媒。可是父亲反对说："从来儿女的婚姻都是由父母做主的，女孩子自己在外面找男人，像什么话？"不由分说，硬要祝英台嫁给马家的公子。

梁山伯自从那天送别祝英台后，回到学馆，继续用心读书，竟把七月七日去祝家提亲的事忘得一干二净。直到师娘拿着玉扇坠儿来，说明祝英台托她提亲的事，梁山伯才恍然大悟，知道了祝英台原来是个女的，她说的九妹就是她自己！梁山伯立刻向老师请了假，赶到祝家去和祝英台会面。

梁山伯来到祝英台家里，看见祝英台完全恢复了女子打扮，显得更加美丽可爱。他说出师娘为他们提亲的事，哪知祝英台一听这话就大哭起来，她说："梁兄啊，你为什么这么晚才来呀？我父亲已经硬逼着把我许配给马家了！"

梁山伯一听，两人就抱头痛哭起来，他们发誓，无论谁也不能破坏他们之间深厚的爱情，两个人要永远在一起。

他们的哭声被祝英台的父亲听见了，祝员外怒气冲

天地跑上楼来，把梁山伯赶出家门，将祝英台严加看管起来。

梁山伯回到家里，因为想念祝英台，茶不思饭不想，很快就病倒了，病情越来越重，不久就离开了人间。临终之前，他告诉家里的人，他死后要把他埋在从祝家通往马家去的路边。

很快，马家迎亲的日子就到了，花轿抬到了祝家的门口，吹吹打打好热闹。可是祝英台却哭哭啼啼，怎么也不愿意上轿。在她父亲的命令之下，硬把祝英台推进轿子抬走了。

花轿抬到半路上，忽然刮来了一阵大风，吹得抬轿人走不动了。这时丫鬟告诉祝英台，前面就是梁山伯的坟墓。祝英台不顾别人的阻拦，走出轿来，一定要到梁山伯的墓前去祭悼。

祝英台来到梁山伯的墓前，放声大哭，痛不欲生，全身扑到坟上，哭拜亡灵，结果因过度悲伤痛心而死。祝英台去世后，就葬在梁山伯的墓地东侧。

人们无不为梁山伯和祝英台的真挚爱情所感动，就将他们的故事口口相传。而在传播的过程中，故事情节又发生了很大的变化。

传说，当祝英台来到梁山伯的墓前放声大哭的时候，霎时间，天地间电闪雷鸣,风雨大作,坟墓忽然裂开一条大缝,祝英台喊着梁山伯的名字,一下子就跳进坟里去了。

没过多久,雨停了,云开了,天空出现了一道彩虹。只见一对美丽的蝴蝶从坟头上飞起来,飞向了自由的天空,所经之处,花儿漫天开放。人们都说,这对蝴蝶就是梁山伯和祝英台变化而成的。

"梁祝"的传说已经耳熟能详,不仅版本很多,而且流传到国外。五代十国至宋代时期,唐代著名诗人浙江余杭人罗邺的七律诗《蛱蝶》,已被高丽王国时的人辑入了《十抄诗》,其中有"俗说义妻衣化状"的诗句,指的就是梁祝的故事,并且衣化为蝶。

到宋代,高丽人编辑的《夹注名贤十抄诗》,不但收入了罗邺的《蛱蝶》诗,而且在注释中加上了一段《梁山伯祝英台传》。这不仅是目前看到的最早流传到国外的梁祝故事,而且从"女扮男装"到衣裳"片片化为蝴蝶子",都比较全面地叙述了梁祝的传奇故事。可见,梁祝文化早已走向世界,历史久远。

梁祝故事在民间流

传已有1000多年，可谓家喻户晓，流传深远，是我国最具魅力的口头传承艺术，也是唯一在世界上产生广泛影响的我国汉族民间传说。它是民间文化的积淀，代表了人民大众的心声，反映了古代人们对美好生活的向往，对婚姻自由的追求。从古到今，有无数人被梁山伯与祝英台的悲惨爱情所感染。

知识点滴

关于梁山伯和祝英台，还有一种传说。在晋代，梁山伯与祝英台同窗3年，却未能看出祝英台是女儿身，后来祝英台被许配马家。梁山伯求婚不成，一病不起，临死前，要求家人把自己葬在祝英台婚轿经过的路边，让自己看到祝英台出嫁。祝英台得知后，身穿孝服出嫁，轿子经过梁山伯坟时，下轿拜祭撞死在柳树前。

宁波传说：梁山伯是晋代鄞州县令，是个清廉的好官，由于得罪了权贵，被残害致死，老百姓为他修了一座大墓。而祝英台是明代来自上虞的侠女，劫富济贫，后来被权贵杀害。当地老百姓为了纪念他们，就把两个人合葬在了一起。

白蛇为报恩修炼嫁许仙

那是在五代十国时期,吴越国国君信奉佛教,在不到百年的时间内,就在杭州境内兴建了150多座寺院与数十座塔幢,一时间僧侣众多。其中,建于西湖南岸夕照山的雷峰之上的雷峰塔,是香火最为鼎

盛的一座寺庙，也是后来"西湖十景"中"雷峰夕照"的所在地，风景异常优美。

后来，吴越国降宋之后，市井乡野的说书艺人就在雷峰塔的基础上，充分发挥自己的想象，一步步地衍化出了一个传奇的故事。

据说，八仙之一的吕洞宾，有一年在西湖的断桥边卖汤圆，当时还是幼年的许仙买了一粒汤圆，吞下后三天三夜不想吃东西，不得已只好跑去找吕洞宾。

吕洞宾把年幼的许仙抱上断桥，抓住他的双脚倒拎起来，小汤圆就滚下西湖去了。正巧被在断桥下边修炼的一条白蛇接在嘴里。原来白蛇吞的是吕洞宾的仙丸，于是增添了500年修功，就此也与许仙结下了缘。白蛇给自己起了个名字，叫白素贞。

白素贞悄悄地降落到西湖苏堤。她顺着苏堤走去。走到映波桥边，看见有个老叫花子，手里拎着一条小青蛇。白素贞觉得可怜，就从老叫花子的手里买下了青蛇。后来，青蛇为了感激白素贞的救命之恩，就和白素贞在西湖住了下来，给自己取名叫小青。

这年的清明时分，白素贞和小青正在西湖边上欣赏春光，突然下起了倾盆大雨，两人被淋得无处藏身。正发愁时，忽觉得头顶多了一把伞，转身一看，只见一位温文尔雅、白净秀气的年轻书生撑着伞在为她们遮雨。

白素贞和这个书生四目相交，心中欢喜，彼此产生了爱慕之情。白素贞得知这个书生就是当年那个有缘人，没过多久，两人便结为夫妻，在镇江开了一间"保和堂"药店，小日子过得幸福美满。

由于保和堂治好了很多疑难病症，而且给穷人看病配药分文不收，所以药店的生意越来越红火，远近来找白素贞治病的人也越来越多。

那时，在西天有一只乌龟，每天都躲在如来佛莲座底下听经。趁如来佛讲经歇下来那一会儿，便偷了他的3样宝贝，金钵、袈裟和青龙禅杖，变成一个和尚并给自己取了个名字叫法海，跑到凡间来了。

一天，法海和尚来到镇江金山寺，暗地里使个妖法，害死了当家老和尚，自己做起方丈来了。他嫌金山寺香火不旺盛，便在镇江城里散布瘟疫，想叫人们到寺里烧香许愿。

但是，保和堂施的"辟瘟丹""驱疫散"很灵验，瘟疫传不开。法海和尚气得要命，就扮成化缘的头陀，寻到保和堂药店来。

法海和尚走到保和堂药店门前，邻近一打听，才知道保和堂的灵丹妙药都是白娘子开的方。他再仔细往里张望，看那身穿素衣的白娘子，原来不是凡人，而是白蛇变的。

正巧这时白素贞上楼了。于是，法海敲起木鱼，大模大样地进店来，朝许仙合起手掌，说："施主，你店里的生意好兴隆呀，给我化

个缘吧。七月十五金山寺要做盂兰盆会，请你结个善缘，到时候来烧炷香，求菩萨保佑你多福多寿，四季平安。"

许仙听他讲得好，就给了他一串铜钱，在化缘簿上写下了自己的名字。法海和尚走出门口。

转眼七月十五就到了。许仙独自一人来到金山寺，他刚刚跨进山门，就被法海和尚一把拉到禅房里，强求许仙拜他为师，离开白娘子。

许仙心想，娘子对我的情义比海还深，如今有了身孕，我怎能丢下她出家做和尚呢！这样一想，他无论如何也不肯出家。法海和尚见许仙不答应，就把他关了起来。

在保和堂里，白素贞正焦急地等待许仙回来，久久不见音讯，她心急如焚。后来终于打听到原来许仙被金山寺的法海和尚给留住了，白素贞赶紧带着小青来到金山寺，苦苦哀求，请法海放回许仙。

法海见了白素贞，冷笑道："大胆妖蛇，我劝你还是快点离开人间，否则别怪我不客气！"白素贞见法海拒不放人，无奈，只得拔下头上的金钗，迎风一摇，掀起滔滔大浪，向金山寺直逼过去。

法海眼见水漫金山寺，连忙脱下袈裟，变成一道长堤，拦在寺外。大水涨一尺，长堤就高一尺，大水涨一丈，长堤就高一丈。

白素贞有孕在身，实在斗不过法海，后来，法海使出欺诈的手法，将白素贞收进金钵，并在南屏净慈寺前的雷峰顶上造了一座雷峰塔，将金钵砌进塔中，把白蛇镇压在塔下，自己便在净慈寺里住下来看守。

《白蛇传》的故事早期因为以口头相传为主，因此派生出不同的版本与细节。有的版本有白蛇产子的情节，还有的版本有后来白蛇之

子得中状元，祭塔救母的皆大欢喜的结局。但这个故事的基本要素，一般认为在南宋就已经具备了。

其实，《白蛇传》最早成型的故事记载于明代冯梦龙的《警世通言》第二十八卷《白娘子永镇雷峰塔》。清代初年剧作家黄图珌的《雷峰塔》，是最早整理创作的戏曲，他只写到白蛇被镇压在雷峰塔下，并没有产子祭塔就脱稿了。

清乾隆年间的1771年，戏曲家方成培改编了三十四出的《雷峰塔传奇》，共分4卷，第一卷从《初山》《收青》到《舟遇》《订盟》，第二卷是《端阳》《求草》，第三卷有《谒禅》《水门》，第四卷从《断桥》到《祭塔》收尾。

除了删除《描真》等无关紧要的戏份，方成培还将《药赋》中介绍的145种中药的剧情删去，又新增了《夜话》《端阳》《求草》《断桥》等戏，丰富了剧情，大为该戏增色。

清代中期以后，《白蛇传》成为常演的戏剧，当时演出《白蛇传》是京剧、昆曲杂糅的，但也有以昆曲为主的。由此可以看出，《白蛇传》中祭塔的情节产生的时代较晚。

白蛇传说极大地丰富了我国民间文艺的宝库。它故事离奇，人物生动丰满，其中的白娘子是我国艺术长廊中一个重要的典型形象。白蛇传说所反映的南宋以来不同时期的主要社会思想、信仰与价值观及民族深层心理，具有重要的历史价值。

对于白蛇传说的发生地杭州而言，白蛇与断桥、雷峰塔及西湖等自然文化景观形成了密不可分的关系，使杭州和西湖都具有了更为丰厚的文化内涵。每逢端午佳节，镇江有游览金山的习俗，参观白龙洞、法海洞，青年男女跪拜白娘娘，誓表永远恩爱。

后世的《白蛇传》故事，更体现了人们爱憎分明、善良质朴的美丑观，而人们也以此为原则，进行白蛇传故事的创作。从白蛇传故事中可以看到它的变异性，也可以从白蛇传故事中看到人们善良的心。

知识点滴

在《绣像义妖传》里，白娘子是由法海镇住关在雷峰塔里，许仙也因此而出家，20年后白氏之子许梦蛟高中状元，衣锦还乡祭母，于是白素贞难满出塔，全家团圆。此时的许仙还有一些人性，结局是大团圆。而田氏《白蛇传》里的结尾是小青修炼成为青蛇大仙，破塔救人。《西湖民间故事·白娘子》中反抗性更强，更爽，最后小青勤奋修炼，终于破塔救出白素贞，二人合力将法海这个多管闲事的臭和尚打得逃入了蟹壳里，成为了蟹壳和尚。

一时代有一时代的民间文学，由于历史的发展、时代的变迁、自然环境与社会环境的差异，都对《白蛇传》故事产生了不同程度的增补删减。而且更因为个人记忆的偏差、个体心理机制的差异，对《白蛇传》故事的创造产生了更多的变化。

神魔传说

　　仙鬼传说是民间文学样式之一，是民众艺术加工的产品，属于人物传说中特殊的组成部分。这类传说与宗教有千丝万缕的联系，其产生历史久远，流传地域广泛。传说中的仙鬼大多是虚构的，也有少量真实人物被赋予超乎凡人的神通。

　　在我国传统文化中，人的一切道德伦常在仙鬼世界同样存在。仙鬼是另一种存在方式，仙鬼更多的时候是人的一个折射。仙鬼被想象成同样有感情的另外一种"人"，通过仙鬼传说，曲折地反映了现实中人的爱恨情仇。

化为杜鹃哀啼的望帝

相传望帝是古代蜀国的开国君主,名叫杜宇。他发展生产,带领蜀地人民走出了茹毛饮血的蛮荒时代,让蜀地绽开文明之花,因此得到人民的爱戴。他爱百姓也爱生产,经常带领人民开垦荒地,种植五谷。

杜宇把蜀国建成了丰衣足食的天府之国后,将自己的君位禅让给了臣下,自己隐居西山。

后来,望帝杜宇逝去,但他的魂魄不忍离开蜀地人民,于是化身为鸟,昼夜鸣叫,声音凄切。

川中人民没有忘记他们的君主,把这种鸟叫作"杜鹃",以表达对望帝杜宇的怀念。后来,人们不满足于用这种方式来怀念心中的君主,就相传演变成了各种各样的民间传说。

相传远古时代的蜀国，第一个称王的是蚕丛，他曾经教导当地百姓如何养蚕。在蚕丛的带动下，四川的养蚕业逐渐发达起来。蚕丛去世以后，由柏灌当王，然后由鱼凫当王。在鱼凫领导下，蜀国百姓的生活不断得到改善，后来，鱼凫在打猎时得道成仙。

又过了许多年，有一天忽然有一个叫杜宇的青年男子，从天上降了下来，成了蜀国的国王，号望帝。

望帝当国王的时候，也很关心老百姓的生活，教导老百姓如何种植庄稼，叮嘱人民要遵循农时，搞好生产。

那时蜀国经常闹水灾，望帝想尽各种方法来治理水灾，但始终不能从根本上根除水患。有一年，忽然从河里逆流漂来一具男尸，人们见了感到十分惊奇，因为河流上的东西总是顺流而下，怎么这个尸体却是逆流而上？好事者便把这个尸体打捞上来。

更令人吃惊的是，尸体刚一打捞上来，便复活了，开口讲话，称自己是楚国人，名叫鳖灵，因失足落水，从家乡一直漂到这里。这件事让望帝知道后，便叫人把他叫来。

两人一见面，便一见如故，谈得十分投机，大有相见恨晚的感觉。望帝觉得鳖灵是个难得的人才，便任命他为蜀国的宰相。

不久之后，暴发了一场大洪水。老百姓深受其害，民不聊生，国家陷入一片混乱。鳖灵受望帝的委任,担任治理洪水的任务。

在治水中,鳖灵显示出过人的才干。他带领民众治理洪水,打通了巫山,使水流从蜀国流到长江。这样,使水患得到解除,蜀国人民又可以安居乐业了。

鳖灵在治水上立下了汗马功劳,杜宇十分感谢,便自愿把王位禅让给鳖灵,鳖灵受了禅让,号称开明帝,又叫丛帝。

望帝禅位后,退居西山。谁知太平日子没过多久,四乡竟然传来了流言,说望帝杜宇把君主之位禅让给开明,是因为在开明率众治水期间,杜宇同开明的妻子发生了私通,所以才羞愧让位的。

流言传来,望帝杜宇又气又急。想不到一番好意竟然落得这样下场。杜宇原本就上了年纪,又在长期的为政中殚精竭虑,损害了健康,受此打击,很快一病不起,含恨逝去。

望帝去世后,灵魂化成杜鹃。他生前爱护人民,死了仍然惦念百姓的生活,每到清明、谷雨、立夏、小满,就飞到田间一声声地

鸣叫。

　　人们听见这种声音，都说："这是我们的望帝杜宇啊！"于是相互提醒，是时候了，快播种吧。或者说，是时候了，快插秧吧；人们因此又把杜鹃叫作知更鸟、催工鸟。

　　杜宇传帝位给鳖灵，鳖灵把帝位传给自己的子孙。后来，他们又把首都迁移到成都。当时强大的秦国，常想吞灭蜀国。但是蜀国地势险要，军队不容易通行，硬攻显然不是办法。

　　秦国国君秦惠王便想出一条妙计：叫人做了五头石牛，每天在石牛屁股后面摆上一堆金子，谎称石牛是金牛，每天能拉一堆金子。

　　蜀王听到这个消息，想要得到这些所谓的金牛，便托人向秦王索求，秦王马上答应了。

　　石牛很重，怎么搬取？当时蜀国有5个大力士，力大无比，叫五丁力士。蜀王就叫他们去凿山开路，把金牛拉回来。五丁力士好不容易开出一条金牛路，拉回这些所谓的金牛，回到成都，发现它们不过是

石牛，才得知上当受骗了。

秦惠王听说金牛道已打通，十分高兴，但十分害怕五丁力士，因为其力无穷，不敢马上进攻。

于是，秦惠王又生出一计，托人向蜀王讲：金牛是没有，但是我们有5个天仙似的小姑娘，比金子还珍贵，如果蜀国国王想要的话，愿意无私奉献。秦王的本意，想用美女计来迷惑蜀国国王。

秦惠王的美女计比三十六计还灵。蜀王本是好色之徒，听了以后，欣喜若狂。再次叫五大力士到秦国去把5位美女及早接回来。

五丁力士带着五位美女在回家的路上，经过梓潼这个地方，忽然看到一条大蛇正向一座山洞钻去。于是，五丁力士想联手除掉大蛇，为民除害。

忽然一阵妖风作怪，刹那间地动山摇，大山崩塌下来，五个壮士和5个美女瞬间都被压死，化为血泥，一座大山化为5座峰岭。

蜀国国王听了这个消息，悲痛欲绝。他亲自登临这5座山进行悼念，并且命名这5座山为五妇，至于死了5位壮士，却一点儿也不心疼。

人们对这个昏君的行为十分看不惯，他们十分热爱这五大力士，便称这5座山为五丁。

秦惠王听说五丁壮士已死，蜀道已通，知道进攻蜀国的时机已成熟，不由得心花怒放，就派大军从金牛道进攻蜀国，很快便消灭了蜀国，并把蜀王杀死。

这时，望帝魂灵变化成的杜鹃鸟，眼见故国灭亡，内心十分痛苦。从此，每当桃花盛开之际，便一声声地叫喊着：不如归去，不如归去。

蜀国人民一听到这个声音，就知道他们的国君又在思念自己的国家了。这个民间相传的故事，富有诗意，唐代诗人李商隐的《锦瑟》就是其中的经典之作：

锦瑟无端五十弦，一弦一柱思华年。
庄生晓梦迷蝴蝶，望帝春心托杜鹃。
沧海月明珠有泪，蓝田日暖玉生烟。
此情可待成追忆，只是当时已惘然。

这里的"春心"与杜鹃的悲鸣联结在一起，实际上包含了伤春、春恨的意蕴。"望帝春心托杜鹃"，这里所展示的正是一幅笼罩着哀怨凄迷气氛的图画，象征着化为望帝冤魂的杜鹃，在泣血般的悲鸣中寄托着不泯的冤恨，不但写出杜宇之托春心于杜鹃，也写出了诗人之托春恨于悲鸣，暗示了寄托"春心"者的性质，真乃妙笔寄情。

成都附近的郫县，有一座很古的庙宇叫作望丛祠，旁边有两座很大的望帝、丛帝的陵墓，四周桧柏参天。每年桃花盛开季节，还能听到杜宇的声声鸣叫。而且每当农历端午节的时候，附近民众都要聚集在这里举行"赛歌会"。

后代的人都为杜鹃的这种努力不息的精神所感动，所以，世世代代的四川人，都很郑重地传下了"不打杜鹃"的规矩，以示敬意。

知识点滴

据有的地方民间传说，鳖灵在治水期间，望帝在家和鳖灵的妻子日久生情，生出了说不明道不白的情愫。鳖灵治水成功回家后，望帝感到对不起鳖灵，心中非常惭愧，才跑到深山里去隐居。后来望帝去世了，灵魂就化作杜鹃鸟。望帝尽管有一些缺点，但他爱自己的百姓，从总体上说，他是一位好国君。

还有一些地方说，望帝感觉自己对付不过鳖灵，无可奈何，只有一天到头悲愤、哀泣而已。后来，杜宇临终时，嘱咐西山的杜鹃说："杜鹃鸟，你叫吧，把我的心情，叫给我的百姓听吧。"从此，杜鹃就飞在蜀国境内，日夜哀鸣，直到它的口中流血。

嫦娥误食仙丹而奔月

　　早在遥远的上古时期，我们的祖先对天上的日月星辰就产生了浓厚的兴趣。他们经常会望着晚上的月亮，津津有味地探索其中的奥秘，因此也产生了对月亮的崇拜。人们还把月宫设想成一个极美极乐的境界，把月亮看作一个和谐而浪漫的仙境。

　　那时候的人们觉得生命是如此短暂，没有人不祈求长寿甚至长生不死，但是人们一直无法改变生老病死的自然规律。于是，人们就创造了绚丽多彩的神仙世界，希望自身能够超越凡尘成

仙。人们便把这些希望和美好的理想编成一个美丽的故事，在民间广为流传。

传说，在远古的时候，天上有10个太阳同时出现，晒得庄稼都枯死了，民不聊生。一个名叫大羿的英雄，力大无穷，他同情受苦的百姓，登上昆仑山顶，运足神力，拉开神弓，一口气射下了9个太阳，命令最后一个太阳按时起落，为民造福。

大羿因此受到百姓的尊敬和爱戴，于是，部落首领帝喾把自己的女儿嫦娥嫁给了大羿。

当时，有不少志士慕名前来向大羿学艺，心术不正的青年逢蒙也混了进来。逢蒙的嘴巴甜得像蜜，很讨大羿的喜欢。可逢蒙心眼儿很坏，学到了本领，就想背弃大羿，自己当"天下第一射手"。嫦娥要大羿提防逢蒙，可大羿却不以为然。

有一年，大羿得了一场大病，病愈后精力大不如从前，颇有衰弱的趋向。大羿心想自古以来人难免一死，心里慌乱起来，就想找一个长生不死之法。

于是，大羿便出外云游，求仙访道，奔走了数年，后来经得道高人指点，知道昆仑山旁的玉山上有个西王母，是与天同寿的活神仙，她藏有可以不死的仙丹。于是他决心去找西王母娘娘要仙丹。

大羿凭着盖世神力、超人的意志，越过炎山、弱水，攀上一万三千一百一十三步二尺六寸高的悬崖峭壁，在昆仑山巅的宫殿里拜见了西王母。

西王母娘娘知道大羿是位大英雄，便取出最后一颗长生仙丹慷慨相赠，并嘱咐他说："这不死药是用不死树结的不死果炼制的。不死树3000年开一次花，3000年结一次果，炼制成药又需3000年。我收藏的药丸仅剩一颗了。这颗长生药全吃了可成为神仙，吃一半就能长生不老。"

大羿如愿以偿，他拜谢了西王母，下了昆仑山。回到家后，他把药交给嫦娥，准备过几天和嫦娥一起吃。嫦娥将药藏进梳妆台的百宝匣里，不料被逢蒙看到了。

3天后，大羿率众徒外出狩猎，心怀鬼胎的逢蒙假装生病，留了下来。待大羿率众人走后不久，逢蒙手持宝剑闯入内宅后院，威逼嫦娥交出长生药。

嫦娥知道自己不是逢蒙的对手，危急之时，转身打

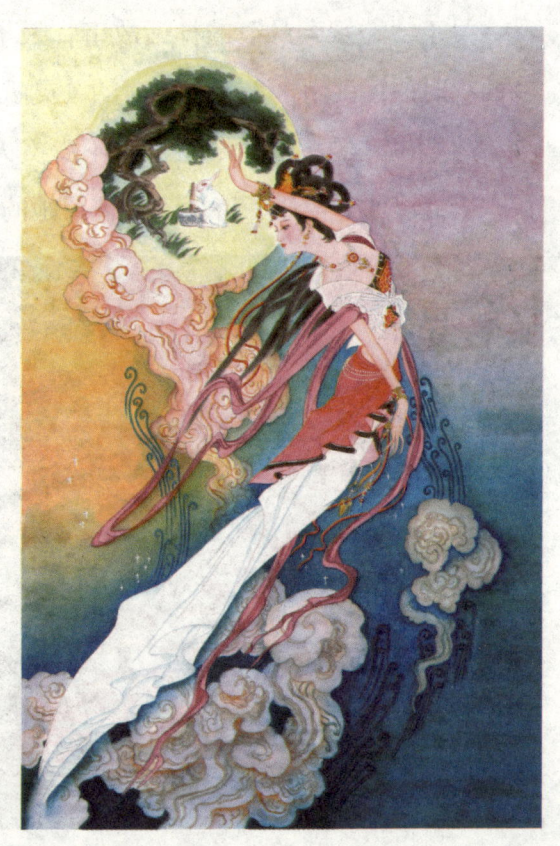

开百宝匣，拿出长生药一口吞了下去。之后，她身子立时飘离地面，冲出窗口，向天上飞去。

傍晚，大羿回到家，侍女们哭诉了白天发生的事。悲痛欲绝的大羿，仰望着夜空呼唤嫦娥的名字。这时他惊奇地发现，今天的月亮格外皎洁明亮，而且有个晃动的身影酷似嫦娥。

大羿急忙派人到嫦娥喜爱的后花园里，摆上香案，放上她平时最爱吃的鲜果点心，遥祭在月宫里自己眷恋着的嫦娥，表达自己的相思之情。

百姓们听到嫦娥奔月成仙的消息后，纷纷在月下摆设香案，向善良的嫦娥祈求吉祥平安。从此，中秋节拜月的风俗在民间传开了。

关于"嫦娥奔月"的神话故事，最早见于战国时期的《归藏》，在西汉时的《淮南子》和东汉时的《灵献》两本书中也有记载。

嫦娥飞月的故事，令后世的不少文人骚客感慨、遐想。其中唐代诗人李商隐的《嫦娥》诗深刻表现了她的寂寞和悔恨：

云母屏风烛影深，长河渐落晓星沉。

嫦娥应悔偷灵药，碧海青天夜夜心。

这首诗的大意是说，云母制成的屏风染上一层幽深黯淡的烛影，银河逐渐低斜下落启明星也已下沉。广寒宫的嫦娥相当悔恨当初偷吃不死药，如今落得独处于碧海青天而夜夜寒心。

嫦娥奔月的传奇故事，在我国民间流传了几千年，永久不衰。这反映了人们对长生不死美好理想的追求，也寄托了人们对美好团圆的幸福生活的向往。

知识点滴

我国历史上和神话传说中都有"羿"这个名字，一个是神话传说中的人物，是上古的大羿；另一个是历史人物，是夏代的后羿。

据史料记载，历史人物后羿又称"夷羿"，是夏王朝时东夷族有穷氏首领、有穷国国君，他也是一个射术高超的英雄。后羿统一了东夷各部落方国，组成了一个强大的国家。夏王仲康死后，他的儿子相继位。不久，后羿驱逐了相，自己当了夏的国王，是为夏王朝第六任帝王，后被自己的家臣寒浞所杀。

多种多样的民间阎王

在佛教传入我国之后的汉桓帝、汉灵帝时期,关于佛教的记载才逐渐详实,史料也逐渐丰富。那时西域的佛教学者相继来到我国,如从安息国而来的安世高、安玄,从月氏国而来的支娄迦谶、支曜,从天竺而来的竺佛朔,从康居国而来的康孟详,使中原的佛事活动逐渐兴盛起来。

在佛教中,阎王也称阎罗王,或称阎罗大王、阎魔王。阎魔即琰摩、琰摩罗，意为"缚"，缚有罪之人也，原来是古印度神话中管理阴间的天王。

佛教兴起后，我国吸收了阎罗，将它作为佛教的鬼王。唐代和尚慧琳《一切经音义》卷五说，阎罗王又称平等王，主司生死罪福之业，管理八热八寒地狱及其他附属的小地狱，率领地狱、饿鬼、畜、人、天五道之中的鬼卒，追捕罪人，判断罪恶等。

佛教传入我国后，佛教中的一些神被民间信仰加以改造后吸收和采纳。后来，随着道教的进一步兴起，阎王的信仰与我国本土宗教道教信仰相互影响，演变出具有汉化色彩的十殿阎王。

这种说法源于唐代，相传玉帝册封阎罗王，由阎罗王统率地狱和五岳卫兵。地狱又分为十殿，十殿各有其主和名号，称地府十王，统称十殿阎王。

"十殿阎罗"是我国古代特有的民间信仰。所谓十殿阎罗，就是说有十个掌管地狱的大王，分别居于地狱的十殿之上，因此称为十殿阎罗。按民间说法，这十殿阎罗分别是秦广王、楚江王、宋帝王、五官王、阎罗王、卞成王、泰山王、都市王、平等王、转轮王。

第一殿是秦广王蒋，二月初一日诞辰，专司人间夭寿生死，统管幽冥吉凶、善人寿终，接引超升；功过两半者，送交第十殿发放，仍投入世间，男转为女，女转为男。恶多善少者，押赴殿右高台，名曰孽镜台，令之一望，照见在世之心好坏，随即批解第二殿，发狱受苦。

第二殿是楚江王历，三月初一日诞辰，司掌活大地狱，又名剥衣亭寒冰地狱，另设十六小狱，凡在阳间伤人肢体、奸盗杀生者，推入此狱，另发入十六小狱受苦，满期转解第三殿，加刑发狱。

第三殿是宋帝王余，二月初八日诞辰，司掌黑绳大地狱，另设十六小狱，凡阳世忤逆尊长，教唆兴讼者，推入此狱，受倒吊、挖眼、刮骨之刑，刑满转解第四殿。

第四殿是五官王吕，二月十八日诞辰，司掌合大地狱，又名剥剹血池地狱，另设十六小地狱，凡世人抗粮赖租，交易欺诈者，推入此狱，另再判以小狱受苦，满日送解第五殿查核。

第五殿是阎罗王包，正月初八日诞辰，前本居第一殿，因怜屈死，屡放还阳伸雪，降调此殿。司掌叫唤大地狱，并十六诛心小狱。凡解到此殿者，押赴望乡台，令之闻见世上本家，因罪遭殃各事，随即推入此狱，细查曾犯何恶，再发入十六诛心小狱，钩出其心，掷与蛇食，铡其身首，受苦满日，另发别殿。

第六殿是卞成王毕，三月初八日诞辰，司掌大叫唤大地狱，及枉死城，另设十六小狱。忤逆不孝者，被两小鬼用锯分尸。凡世人怨天尤地，对北溺便涕泣者，发入此狱。查所犯事件，亦要受到铁锥打、火烧舌之刑罚。再发小狱受苦，满日转解第七殿，再查有无别恶。

第七殿是泰山王董，三月二十七日诞辰，司掌热恼地狱，又名碓磨肉酱地狱，另设十六小狱。凡阳世取骸合药、离人至戚者，发入此狱。再发小狱。受苦满日，转解第八殿，收狱查治。另外，凡盗窃、诬告、敲诈、谋财害命者，均将遭受下油锅之刑罚。

第八殿是都市王黄，四月初一日诞辰，司掌大热大恼大地狱，又名恼闷锅地狱，另设十六小狱。凡在世不孝，使父母翁姑愁闷烦恼者，掷入此狱。再交各小狱加刑，受尽痛苦，解交第十殿，改头换面，永为畜类。

第九殿是平等王陆，四月初八日诞辰，司掌丰都城铁网阿鼻地狱，另设十六小狱。凡阳世杀人放火、斩绞正法者，解到本殿，用空心铜桩，链其手足相抱，煽火焚烧，烫烬心肝，随发阿鼻地狱受刑。直到被害者个个投生，方准提出，解交第十殿发生六道，即天道、人道、地道、阿修罗道、地狱道和畜生道。

第十殿是转轮王薛，四月十七日诞辰，专司各殿解到鬼魂，分别善恶，核定等级，发四大部州投生。男女寿夭，富贵贫贱，逐名详细开载，每月汇知第一殿注册。凡有作孽极恶之鬼，着令更变卵胎湿化，朝生暮死，罪满之后，再复人生，投胎蛮夷之地。凡发往投生者，先令押交孟婆神，酴忘台下，灌饮迷汤，使忘前生之事。

虽然说阎罗的信仰与佛教的传入有关，但它早就中国化了。在我国民间有种说法："人之正直，死为冥官。"死后成为阎罗的主要有韩擒虎、严安之、郄惠连、寇准、范仲淹、韩琦、包拯、林衡等人。韩擒虎是隋代的猛将，严安之、郄惠连则是唐人。

隋唐时代，做冥官的标准除了正直，还有就是严明、至忠、至孝。严安之在唐玄宗时做京兆尹"以强明称，民吏畏之。"郄惠连因事父至孝，有"至行"，被玉帝册立为"司命主者"的阎罗王。

到了宋代，阎罗都由名臣任之，而且都是有风骨，有作为，刚直清廉的名臣，政治家寇准、文学家范仲淹、著名丞相韩琦、清官包拯、知县林衡等都是宋人。这5人中，林衡名位较低，在秀州知州任上去世。据南宋著名文学家洪迈在《夷坚丙志》卷一说，他"平生仕宦，以刚猛疾恶自任"，是个敢作敢为的清官。

值得指出的是，包拯之为清官，最为民间称道，而他作为阎王，在民间也流传最广。寇准、范仲淹、韩琦等死后为阎罗，民间流传并不广，但包拯之为阎罗王，则妇幼皆知。清代藏书家翟灏在《通俗编》云：

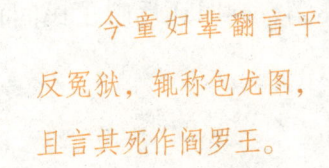

> 今童妇辈翻言平反冤狱，辄称包龙图，且言其死作阎罗王。

不仅如此，民间传说还称，包公活着的时候，就开始管理着阴间事务，正所谓"日断人间，夜断阴间"。据说包公有一只"游仙枕"，他只要头枕这只仙枕，就可进入阴曹地府。

清官死后为阎罗的民间传说，具有特殊意义，大可玩味。阎王是地下世界的最高主宰，按常理，与它对应的应是阳世的帝王。然而在我国，却没有听说哪个人间帝王死后成为阎王，阎王的存在原本是民间的安排。民间百姓不能选择阳间的帝王，却可以选择阴间的主宰。这显然反映了百姓的价值观念与情感诉求。

民间的阎王信仰以及清官为阎王的传说，除了表现出百姓对清官的肯定与敬仰以至崇拜，显然还表现了百姓对彼时人间的官僚体制，

对贪官横行，正义难以施行的现实社会的不满，同时还反映了民间百姓对公平、正义的美好社会的希冀与追求。

知识点滴

"二十四史"很少记有阴阳界故事，而韩擒虎做阎罗王的传说却被记进本传，可见传说在初唐颇为风行。在晚唐敦煌变文《韩擒虎话本》中，更是惟妙惟肖地描述了韩擒虎在灭陈后，五道将军持天符请他出任阴司之主，韩擒虎应允，请假三天，隋文帝杨坚还举行了告别宴会。

在第三天假期日满之时，有一紫衣人、一绯衣人乘乌云前来迎接韩擒虎，自称"原是天曹地府，来取大王"上任。于是，韩擒虎辞别朝廷君臣和家小，赴阴间当阎罗王去了。

柳毅为龙女传书到龙宫

我国的唐代在社会政治、经济、文化等方面空前繁荣的情况下，妇女们对传统男尊女卑地位提出了新的要求，她们追求恋爱自由，追求美满生活，希望有自己的人格和尊严，向往男女平等。但在当时，家庭虐妻事件时有发生，影响很大。

唐贞元年间，吏部有一位名叫李朝威的官员，喜欢舞文弄墨，编写神怪故事。一天，他到郊外专访退休的官员薛嘏，薛嘏给他详细讲述了他的表兄柳毅为龙女传书的传奇故事。

回家后，李朝威反复斟酌，结合当时家庭、婚姻这一社会现实，写成了《柳毅传》。

传说，柳毅是唐高宗时的一位书生，家住在洞庭湖畔。高宗仪凤年间，他到京城长安去应考进士，但是

却没有考中。他在打道回府途经泾阳的时候，忽然想起自己有个同乡在此地，就去拜见。

柳毅骑着马在泾水边走着，忽然一群小鸟从路边的草丛中惊飞起来。柳毅的马受到了惊吓，如离弦的箭一般，在林里一气跑了一二十里才停下来。

这时，柳毅已分不清东南西北，不知道自己身处何方。马也是一个劲儿地在原地打着转，不再向前行走半步。正在纳闷的时候，他猛然听到一个女子啜泣的声音，不觉循声望去。

柳毅看到不远处一个年轻的女子，坐在水边的一棵柳树下，一颤一颤地在抽泣。她面带愁容，眉头紧锁，一副满腹心思无处倾诉的样子。

柳毅本是个侠肝义胆的好心人，见到如此情景，心中自然不平，但又不敢冒昧，于是装着出来散心的样子，慢慢地靠近这位女子。到了她身边，柳毅诧异地问道："请问姑娘为何在此哭泣，心中到底有什么委屈啊？"

这位年轻的女子，看到有人来了，连忙收敛了愁容，拭干了脸上的眼泪。又见柳毅不像是一个坏人的模样，就跟他袒露了心扉。

她告诉柳毅："我是洞庭龙王的小女儿，是父王的掌上明珠。一年之前，父王把我许配给泾川龙王的儿子为妻。可是我这丈夫只知道游荡玩乐，从不念及夫妻之情。我稍微劝他一下，他就又骂又打，越来越厌弃我。我多次到公婆面前去说理，可是公婆却总是护着自己的儿子，对我的话不以为然。这家里的上上下下都是他们家的人，我一肚子的怨恨愁苦无处可诉，只好到这河边，遣怀哭泣，叹息自己为何这样地命苦！"说完，又抽泣流泪不停。

柳毅听了龙女的话，早已愤愤不平，只是一时半会儿还想不到什么办法。因为泾川龙王毕竟是个龙王，自己一介凡夫俗子，又怎么斗得过呢？

小龙女接着说："我多么想告诉我的父王，能把我迎接回去。可是，这泾川离洞庭湖实在是太远了。家里的公婆对我管教又严，使我脱不开身。我想找一个送信的人，把我的悲苦告诉给我的父王，但是到哪里去找这样的人呢？"

柳毅听到龙女要找送信的人，就诚恳地对龙女说："小生柳毅，就住在洞庭湖边上。我正要回家，不知道我能不能帮你做点什么，要说把信送到洞庭湖的话，这没有什么难的，可是不知怎样才能将信交给洞庭龙王呢？"

龙女听说柳毅能帮她送信，心里非常感激，就立刻给他指点："在洞庭湖南岸的湘江入口处，有一棵很大的橘子树，当地人把它叫作'社橘'，方圆十里之内的人没有不知道的。你到了树边，然后面朝南，背靠在树干上，解下腰带把自己和树绑在一

起,再用后脑勺轻轻地撞几下树干,就会有人带你到我父王那里去的,到时你就可以把我的事告诉给他。"

柳毅从龙女手中接过她早已准备好的信,表示一定不会有负龙女的重托。他跨上马,也不再去拜见他同乡了,就一个劲儿地往家乡赶。

不到一个月的时间,柳毅就回到了他的家乡洞庭湖。他划着船登上南岸,果然看到有一棵橘子树。于是,他按照龙女告诉他的方法,在树干上撞了几下。

不一会儿,就有一个蟹将走出来,对柳毅行过礼后,将柳毅迎了进去。蟹将把柳毅带到了水晶宫里的灵光殿去进见洞庭龙王。

柳毅见了龙王,赶忙跪拜,拜过之后,他就把在泾水见到小龙女的事全都告诉了龙王,并把龙女托付的信交给了龙王。

龙王十分感谢柳毅,就送了很多龙宫的宝物给柳毅,然后把他送出了龙宫。柳毅离开龙宫之后,他卖掉了龙王赠送给他的部分宝物,得了一大笔钱,成了远近闻名的富足人家。

后来,柳毅娶了一个张姓的女子,可是娶过来不久,就无缘无故地死了。第二次又娶了一个韩姓的姑娘,过门几个月也过世了,而且也弄不清什么原因。

接连死了两个妻子之后,柳毅在接下来的3年内都没有再娶妻子。后来,他到金陵去游玩。他在金陵待了很久,结识了不少的朋友。他的朋友听说他还没有妻室，就托媒人给他说了一位卢姓的姑娘。这姑娘聪明漂亮，知书达理，仁爱善良。柳毅很快就喜欢上了这个姑娘，于是择定吉日成婚了。

等到入了洞房，柳毅掀开妻子的盖头仔细看时，越看越觉得这姑娘像他以前在泾水边上见过的龙女。于是柳毅就问妻子，这是不是真的。妻子说，她就是洞庭龙王的女儿。

原来，自从柳毅把信送给父王之后，洞庭龙王联合自己的弟弟钱塘龙王，打败了泾川龙王，随后把女儿接了回来。这小龙女为了感激柳毅的恩德，就化作人间的女子来到人世与柳毅成了亲。

这龙女本有万年的寿辰，柳毅和她成为夫妇之后，他也沾了仙气，从此也就长生不老了。

柳毅的故事是唐代以来传奇里最有成就的篇章之一，在我国文学史上占有一席之地。在唐代已经普遍流传，唐末有根据这个故事写成的《应灵传》，至宋元明清时期，戏文中有柳毅和洞庭龙女的故事。

元代曲作家尚仲贤的《柳毅传书》，戏曲作家李好古的杂剧《张生煮海》，明代黄说中的《龙箫记》传奇，文学家许自昌的《橘浦记》传奇，清代文学家李渔的《蜃中楼》传奇，近人的《龙女牧羊》等，都是由它演变而来的，《柳毅传书》成为家喻户晓的故事。

"柳毅传书"的故事，揭示了古代社会由父母包办的、缺少感情基础的婚姻，是造成广大妇女家庭婚姻悲剧的根本原因。从龙女的身上，反映出当时的妇女为争取美好生活的热望和精神。柳毅的形象，则体现了中华传统道德中正直无私、见义勇为、施不望报的侠义思想品格。

知识点滴

相传，唐高宗听了柳毅长生不老的事情之后，一心也想求长生不老之术，于是经常召见柳毅，使柳毅不能安居。柳毅为了躲开唐高宗的烦扰，就带着龙女来到了东海上的一个凡人不能到达的岛屿上，从此再也没有在人间出现过。

开元末年，柳毅的表弟柳毁到京城参加殿试中得了状元。柳毅还给了柳毁50粒仙丸。这些仙丸，吃一颗就能增添一年的寿命，柳毁吃了这些仙丸之后，使本来只有70岁的寿命延长到了120岁。

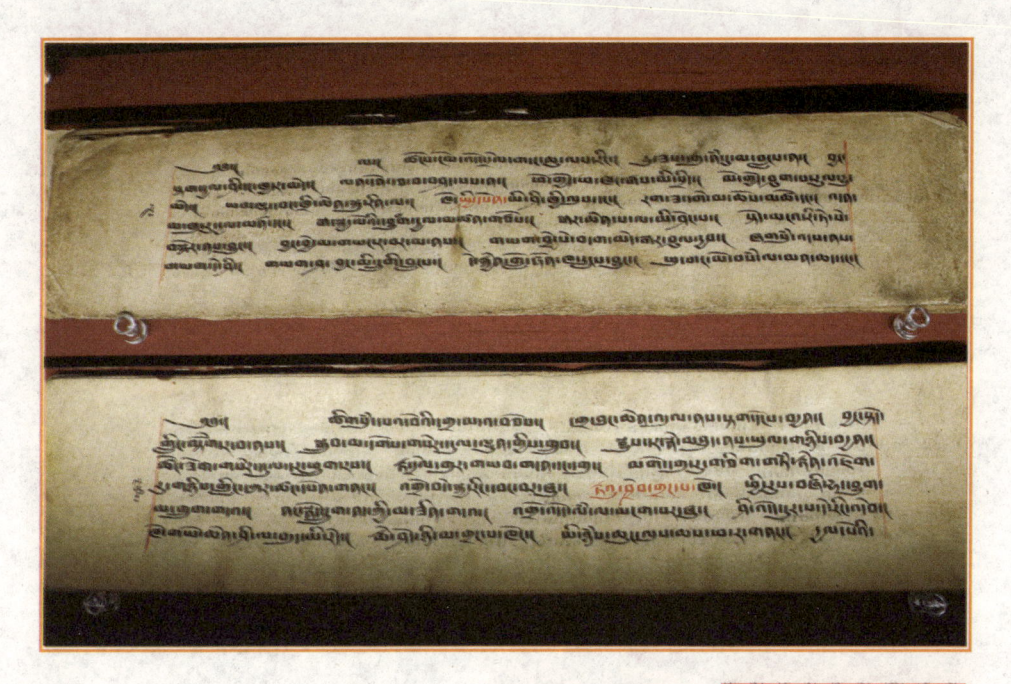

风物传说

地方风物传说，是指关于某一地区风俗习惯、自然景观等的解释性传说。这类传说地域性十分明显，很多传说仅仅为某一地方所特有，但有些故事却广泛流传。

地方风物传说通过生动的故事情节，对于特定的人文物和自然物的来龙去脉给予说明解释。它经常运用奇妙的幻想、超自然的形象、神奇变化的手法，把风物介绍、故事、说明解释三种成分结合在一起，以叙述现实生活的方式进行创作。通过这些艺术加工，形成了独具地域特色的民间传说。

拯救藏族众生的格萨尔

那是在我国的南北朝时期，在雅砻河谷，藏族先民雅隆部落已由部落联盟发展成奴隶制政权，并将势力逐渐扩展到拉萨河流域。

629年，吐蕃赞普松赞干布迁都拉萨，削平内乱，在青藏高原上逐雄争霸，征服了许多小部落王国，并在大臣禄东赞协助下，正式建立奴隶制国家吐蕃王国，成为青藏高原上的强国之一。

松赞干布统一了吐蕃全境后，施展宏图大略，并通过发展生产，创立文字，制定法律，立官制、军制，使吐蕃社会和藏族人民进入了一个全新的时代。

在这种背景下，藏族人民把自己钦佩敬仰的领袖，把他的超人智慧和力量，以及他的丰功伟绩的事迹传说，编成诗的形式，在民间口耳相传，形成了藏民族独有的英雄史诗《格萨尔王传》。

传说，在很久很久以前，藏族人民生活在一个十分美丽的地方，人们安居乐业，和睦相处，过着幸福美满的生活。

有一天，晴朗的天空突然变得阴暗，嫩绿的草原变得枯黄，善良

的人们也变得邪恶起来，他们不再和睦相处，也不再相亲相爱。霎时间，刀兵四起，烽烟弥漫。

大慈大悲的观世音菩萨为了普度众生出苦海，向阿弥陀佛请求派天神之子下凡降魔。天神的儿子推巴噶瓦发愿到藏区做藏人的君王，他就是格萨尔王。

为了拯救藏族众生的痛苦和不幸，为了弘扬人间善业，格萨尔受天神驱遣，降在人间。他肩负的道德使命是：

> 教化民众，使藏区脱离恶道，众生享受太平安乐的生活。

格萨尔是一位集神、龙、念三者之精英为一体的、神人相结合的

大智大勇的英雄。格萨尔降临尘世后，他的一生并非一帆风顺。在他刚降临人间后，就多次遭到陷害，但由于他本身的力量和诸天神的保护，不仅未遭毒手，反而将害人的妖魔鬼怪杀死。

格萨尔从诞生之日起，就开始为民除害。在格萨尔未满5岁前，就对杂曲河和金沙江一带的无形体的鬼神做了许多降伏、规劝、收管等数不胜数的好事，让百姓安居乐业，过上幸福安宁的生活。

在格萨尔5岁时，阴险毒辣的叔父晁通对他和他的母亲进行迫害，父亲和岭国百姓也对他产生误解，最后被驱逐到最偏远、最贫穷的玛麦地方，生活贫困，处境艰险。即使如此，他仍不气馁，始终牢记自己所肩负的道德使命，总是千方百计地为故乡的人们谋利益。

后来，格萨尔返回岭国参加赛马大会，他未来的岳父代表岭国百姓向他致祝辞，希望他成为一个专门镇压邪鬼恶魔的一个弃恶扬善的国王。

格萨尔不负众望,当他赛马成功、登上岭国国王宝座后,立即向岭国百姓庄严宣称:"我是雄狮大王格萨尔,我要抑暴扶弱除民苦;我是黑色恶魔的死对头,我是黄色霍尔的制服者;我要革除不善之国王,我要镇压残暴和强梁!"

格萨尔知道光靠决心不用武力是解决不了问题的,因此他说:"那危害百姓的黑色妖魔,若不用武力去讨伐,则无幸福与和平。"

格萨尔一生先后用武力降服了鲁赞、白帐王、萨当和辛赤四大魔王,征服了数十个魔国与敌国,用他那非凡的神威和超人的智慧,消灭、制伏和收降了数不胜数的妖魔鬼怪,忠实地实践了他曾经立下的"降伏妖魔、造福百姓,抑强扶弱、除暴安良"的道德誓言。

当功成名就,一切都如愿以偿时,格萨尔就辞别人间,返归天界。他就是这样,用他坚定的道德信念和切实的道德实践,保卫了岭国的国土,给岭国人民带来了幸福和安宁。

格萨尔理所当然地受到了"雪域之邦"的"黑发藏民"们的爱戴和热烈拥护,成为藏区人民心目中光辉夺目、光彩照人的理想人格典范,被人们敬称为"制伏强暴者的铁锤,拯救弱小者的父母"。甚至连魔国的百姓也因格萨尔替他们消灭了妖魔、除却了苦难而对他感恩戴德。

《格萨尔王传》史诗在产生之前,在藏族民间,就已经流传着格萨尔或类似格萨尔的英雄故事和歌谣。后来,经过僧人们的整理,把民间长期积累的丰富的歌谣和英雄故事整理、剪裁和布局,才形成了有完整的内容和严谨的结构,在藏族民间艺人中长期口耳相传的长篇英雄史诗。

格萨尔王的原型,取自吐蕃王朝特定历史阶段各个时期杰出人物的侧面。他是活跃在青藏高原,并与周围各国、各民族有紧密联系的天之骄子们的典型代表,是一个虚构的人物。

在民间流传将近一千年的时间里,《格萨尔王传》这部史诗不断被不同时代、不同观点的人们修改和增补。格萨尔王也逐渐在藏族人民心目中成为一位降妖伏魔、造福人民的民族英雄。

格萨尔王是真、善、美高度统一的艺术典型形象,是藏族人民世世代代不畏强暴、敢于斗争、敢于胜利、惩恶扬善、追求幸福美好生活、崇拜勇敢尚武刚性精神的集中代表。这部史诗也体现了人民要求和平统一、社会安定、众生幸福的美好愿望。

格萨尔王是古代高原社会生活的生动写照,是藏族人民集体智慧的结晶,也是藏族民间文化的杰出代表。

知识点滴

藏族民间认为,格萨尔王是藏传佛教祖师莲花生大师的化身。一生戎马,扬善抑恶,弘扬佛法,传播文化,成为藏族人民引以自豪的旷世英雄。他一生降妖伏魔,除暴安良,南征北战,统一了大小150多个部落,岭国领土始归一统。

史诗英雄格萨尔王生于1038年,逝于1119年。格萨尔王去世后,岭葱家族将都城森周达泽宗改为家庙,其显威逸事和赫赫功绩昭示后人不断。1790年,岭葱土司翁青曲加在今阿须的熊坝协苏雅给康多修建了"格萨尔王庙"。

孔雀公主与傣族王子

唐代的时候，在遥远美丽的西双版纳，世代生活的傣族人，把本民族崇拜的孔雀演绎成了一个感人的孔雀公主的故事。傣族崇拜孔雀，认为孔雀是"百鸟之王"，是吉祥、善良、美丽、华贵的象征。

传说，在远古时代，奔流不息的澜沧江边盛开着101朵花，茫茫的大森林里有101个国家。在这101个国家中，最美丽、最富饶和治理得最好的是勐董板这个地方，也就是人人都向往的孔雀国。

孔雀国位于茫茫森林边缘，那里的山最绿，水最清，花最香，人也长得最漂亮，并且每个人都有一件孔雀羽衣，穿在身上便可以飞。在这个国度里，大人知书达理，小孩天真活泼，村村寨寨和睦相处，官家百姓都以善待人。

孔雀国的国王和王后是两位慈祥的老人，他们共同生育了七个女儿，被称为孔雀七公主。孔雀七公主每隔7天都飞到金湖里洗一次澡。

一天，她们照例来到金湖洗澡，当她们游回岸边穿衣时，最小的妹妹孔雀七公主南穆娜的孔雀氅却不见了，她们找遍了周围的草地，也找不到。原来，盗走孔雀氅的不是别人，而是勐板加国的王子召树屯，他英俊潇洒、聪明坚强。

一天，他忠实的猎人朋友对他说："明天，有七位美丽的姑娘会飞到金湖来游泳，其中最聪明美丽的是七姑娘南穆娜，你只要把她的孔雀氅藏起来，她不能飞走了，就会留下来做你的妻子。"召树屯将信将疑，但第二天，他还是来到了金湖边等候孔雀公主的到来。

果然，从远方飞来了七只轻盈的孔雀，落到湖边，瞬间变成了七位美丽的姑娘。她们跳起了优雅柔美的舞蹈，尤其是七公主南穆娜，舞姿动人极了。召树屯一看，这就是自己一直在寻找的姑娘啊，于是立刻爱上了她。

在姑娘们找衣服的时候，召树屯照着猎人朋友的话，捧着七姑娘南穆娜的孔雀氅走了出来。他和南穆娜一见钟情，两人都用明亮的眼睛交流了相互爱慕之情。两颗纯洁的心碰在一起，两股甘甜的水流在一起。

于是，由大姐做主，同意将小妹南穆娜留在召树屯身边。召树屯和南穆娜立即双手合十，感谢六位姐姐成全了他们的爱情。六个姐姐又一次向小妹妹祝福后，挥泪告别，飞回孔雀国去了。

召树屯与孔雀公主的结婚大典刚结束，边境便来函说爆发了战争。为了保卫国家的安全和百姓的生命，召树屯和南穆娜商量了一个通宵，第二天他告别新婚的妻子，带着一支军队出征了。

在战争初期，天天都传来召树屯败阵退却的噩耗，眼看战火就要烧到自己的领土了，召树屯的父亲召勐海急得乱了阵脚。

就在这时，有个恶毒的巫师向他进谗言："南穆娜是妖怪变的，就是她带来了灾难，若不把她杀掉，战争一定会失败的！"勐板加国王召勐海头脑一热，就听信了他，决定把美丽的孔雀公主烧死。

南穆娜站在刑场上，泪流满面，她深深地爱着在远方征战的召树屯，却不得不离开他。最后她对召勐海说："请允许我再披上孔雀氅跳一次舞吧！"召勐海同意了。

南穆娜披上那五光十色、灿烂夺目的孔雀氅，又一次翩翩起舞。舞姿婀娜、轻盈、优雅，充满了和平，充满了对人世的爱，焕发出圣洁的光芒，令在场的所有人都深受感染。在悠扬的乐声中，南穆娜已渐渐化为孔雀，徐徐凌空远去了。

就在这时，前线传来了召树屯凯旋的消息。在欢迎大军得胜归来的载歌载舞的人群中，召树屯没有看见自己日夜思念的妻子；在祝贺胜利犒劳将士的庆功宴上，召树屯还是没有看见南穆娜的身影，他再也忍不住了，就问道："多亏了南穆娜想出的诱敌深入的办法才打败了敌人，可现在她到哪儿去了呢？"

国王召勐海一听，这才如梦初醒，却已悔之莫及。他把逼走南穆娜的前因后果告诉了召树屯。

面对突如其来的打击，召树屯只觉得天旋地转，昏倒在地。召树屯苏醒过来后，一心只想要把南穆娜找回来。

召树屯找到猎人朋友，问了南穆娜的家乡，拿着猎人朋友送的3支具有魔力的黄金箭，怀着对南穆娜矢志不渝的爱，跨上战马，向孔雀公主的家乡奔去。

在途中，召树屯经过一个山谷。山谷口被两座大山封住了，召树屯用第一支黄金箭射开了一条出路，进入了山谷。他克服了重重困难，终于到达了孔雀公主的家乡。

孔雀国的国王因为觉得召树屯的族人对南穆娜不公平，决定考验一下召树屯是否有保护南穆娜的本领。国王让7个女儿头顶蜡烛，站到纱帐后面，让召树屯找出他的妻子，并用箭射灭烛火。

召树屯内心平静下来，凭着对南穆娜的思念，用第二支黄金箭射灭了南穆娜头顶的烛火。最后，终于得到了与孔雀公主重逢的那一刻。他们含着泪再次拥抱，发誓从此永不分离。

回到家里，召树屯问明父亲，知道原来是那个恶毒的巫师陷害南穆娜，就去找巫师报仇。

那巫师其实是一只秃鹰变的，听闻召树屯来找他，立刻化成原形飞上天空想逃跑。召树屯抽出最后一支黄金箭，正义之气随着箭像闪电一样，将万恶的巫师射死了。

从此，孔雀公主的故事在傣族人们中间广为流传。后来，人们还根据召树屯和南穆娜悲欢离合的爱情故事，编成了一篇长篇叙事诗《召树屯》，这首诗塑造了傣族人民自己的英雄形象，表达了傣族人民的理想和愿望，数百年来，一直在西双版纳地区的傣族传唱不衰。

傣族的人们崇拜孔雀，热爱孔雀，并把孔雀视为吉祥幸福的象征，而象征和平与幸福的孔雀公主的故事也在傣族中间广为流传，感染着一代又一代人们的心灵。

知识点滴

《召树屯》是一部傣族民间叙事长诗。《召树屯》源于傣族佛教典籍《贝叶经·召树屯》，是一部佛教世俗典籍故事。佛经故事文本为老傣文，其传播形式主要有两种类型，一种是由僧侣诵读的《贝叶经》散文体韵文，另一种民间艺人"赞哈"的说唱手抄本。数百年来，这部叙事诗一直为傣族人民所传唱，历久不衰，在傣族地区流传过程中，形成许多异文。

西双版纳地区的傣族称《召树屯》为《召树屯与喃木诺娜》或《孔雀公主》，德宏傣族地区称为《嫡悦罕》。此外，还有异文《召洪罕与嫡拜芳》和《召西纳》等。

坚贞追求幸福的阿诗玛

明代中后期，在广西府弥勒州石林圭山地区发生了一件事：彝族土司昂氏强娶圭山革泥村彝族女阿诗玛为妻，但阿诗玛坚决反抗土司强迫婚姻。这件事后来在云南圭山彝族人们当中传开了。在流传的过程当中，人们根据事情的真相，对故事进行了扩展，最终成为了阿诗玛不屈不挠同强权势力作斗争的传说故事。

从前，在撒尼族有个叫阿着底的地方，住着贫苦的格路日明一家，他们有一个女儿叫阿诗玛。

一天，阿诗玛出去放羊，在森林中遇到了迷路的撒尼族小伙子阿黑，她得知阿黑是个孤儿后，就把他带回了家，并与他成了兄妹。渐渐地，阿诗玛长得像花一样美丽，阿黑成了周围撒尼族小伙子的榜样。

阿黑十分勤劳，还会挽弓射箭，他的义父格路日明，把神箭传给了他，使他如虎添翼。他还喜欢唱歌，他的歌声特别嘹亮。他喜欢吹笛子和弹三弦。这一年的火把节，阿诗玛与阿黑互相倾吐了爱慕之情以后，这对义兄妹便定了亲。

一天，阿诗玛前去赶街，被阿着底的财主热布巴拉的儿子阿支看中了。他回家央求父亲热布巴拉，要父亲请媒人为他提亲。热布巴拉有权有势的媒人海热，立即到阿诗玛家说亲。

海热到了阿诗玛家，不停地夸耀热布巴拉有多好，家境有多优越。可是，阿诗玛不管海热怎样利诱，就是不嫁。

转眼间，秋天到了，阿着底水冷草枯，羊儿吃不饱肚子，阿黑要赶着羊群到很远的滇南热带地方去放牧。阿黑走后，热布巴拉便起了歹心，派打手和家丁如狼似虎地抢走了阿诗玛。

阿诗玛忠于她与阿黑的爱情，无论财主捧出金银财宝来诱惑，还是威胁要把她赶出阿着底，阿诗玛始终不妥协。热布巴拉恼羞成怒，命令家丁用皮鞭狠狠地抽打阿诗玛，然后把她关进黑牢。阿诗玛坚信，只要阿黑知道她被关在热布巴拉家，一定会来救她。

阿黑闻讯后，立刻跃马扬鞭，日夜兼程，跋山涉水，从远方赶回家来搭救阿诗玛。他来到热布巴拉家门口，阿支紧闭铁门不准进，提出要与阿黑对歌，唱赢了才准进门。

于是，两人对歌对了三天三夜。有才有智的阿黑，越唱越起劲，脸泛笑容，歌声响亮。阿支缺才少智，越唱越没词，越来越难听了。

最后，阿黑终于唱赢了，阿支只得让他进了大门。

随后，阿支又提出种种刁难，要和阿黑赛砍树、接树、撒种。这些活计阿支哪有阿黑熟练，阿黑件件都胜过了阿支。

热布巴拉眼看难不住阿黑，便想出一条毒计，皮笑肉不笑地假意说："天不早了，你先睡一觉，明天再送你和阿诗玛一起走吧！"

阿黑被安排睡在一间没有门的房屋里。半夜，热布巴拉指使他的家丁放出3只老虎，企图伤害阿黑。阿黑早有准备，当老虎张开血盆大口向他扑来时，他拿出弓箭，对准老虎连射3箭，老虎都被射死了。

第二天，热布巴拉父子见了死虎，再也无计可施，只好答应放回阿诗玛。当阿黑走出大门等候时，热布巴拉又立即关闭了大门，不放出阿诗玛。阿黑忍无可忍，立刻张弓搭箭，接连射出3箭。第一箭射在大门上，大门立即被射开；第二箭射在堂屋柱子上，房屋震得嗡嗡响；第三箭射在供桌上，震得供桌忽忽晃。

热布巴拉吓慌了，连忙命令家丁拔下供桌上的箭。可是，那箭好像生了根，没人够拔得下。他只好叫人打开黑牢门，放出阿诗玛，向她求情说："只要你把箭拔下来，我马上就放你回家。"

阿诗玛鄙夷地看了热布巴拉一眼，走上前去，像摘花一样，轻轻拔下箭。然后同阿黑一起，飞快地离开了热布巴拉家。

心肠歹毒的热布巴拉父子不肯罢休，他们知道阿黑和阿诗玛回家，要经过十二崖子脚，便勾结崖神，把崖子脚下的小河变大河，淹死阿黑和阿诗玛。

热布巴拉父子带着家丁，赶在阿黑和阿诗玛过河之前，趁山洪暴发之时，把小河上游的岩石扒开放水。正当阿黑和阿诗玛过河时，洪水滚滚而来，阿诗玛被卷进漩涡，阿黑只听到阿诗玛喊了声"阿黑哥来救我"，就再也没听见她的声音，没看见她的踪影了。

阿黑挣扎着上了岸，到处寻找阿诗玛。他大声地呼喊："阿诗玛！阿诗玛！"可是，只听到那十二崖子顶回答同样的声音："阿诗玛！阿诗玛！"

据说阿诗玛变成了十二崖子上的石峰。从此，你怎样喊她，她就怎样回答。

阿黑时时刻刻想念着她。每天吃饭时，他盛着包谷饭，端着饭碗走出门，对着石崖子喊："阿诗玛！阿诗玛！"那站在石崖子上的阿诗玛便应声："阿诗玛！阿诗玛！"

爹妈出去做活儿的时候，对着石崖子喊："爹妈的好？呀！好？阿诗玛！"那站在石崖子上的阿诗玛，同样地应声："爹妈的好？呀！好？阿诗玛！"

阿诗玛的声音永远回荡在石林，她的身影已经化成石头，永远和她的乡亲们相伴。后来，彝族人民把她和阿黑的故事编成长篇叙事诗《阿诗玛》，作为撒尼人民日常生活、婚丧礼节以及其他风俗习惯的一部分，在人民中间广为传唱。

《阿诗玛》是以歌唱形式保存下来的文学艺术珍品，演唱的音乐曲调主要有喜调、出嫁调、绣花调、悲调、哭调、骂调等。喜调以欢快、热烈的旋律表现欢乐的场面。绣花调则用缓慢、抒情的旋律来表现自由的美好，音调悠长的曲调表现阿诗玛不同场景的内心真实情感。

《阿诗玛》叙事长诗深刻地表现了撒尼族人追求婚姻自由、追求光明、追求幸福生活、向往美好未来、勇于斗争的民族精神。阿诗玛可以说是撒尼族人聪明、勤劳、善良、勇敢、能歌善舞的化身。彝族撒尼人不仅在结婚典礼中要吟诵《阿诗玛》,在日常生活中也要演唱和讲述阿诗玛的故事,把阿黑和阿诗玛当成自己学习的榜样;甚至在驱邪除秽习俗中,都把阿黑和阿诗玛当成具有神性色彩的崇拜对象。

阿诗玛不屈不挠地同强权势力作斗争的故事,揭示了光明终将代替黑暗、善美终将代替丑恶、自由终将代替压迫与禁锢的人类理想,表现了彝族人民追求幸福生活的坚强意志,歌颂了彝族人民的勤劳智慧和反抗邪恶势力的斗争精神。同时,阿诗玛传说真实地反映了当时撒尼人的社会生活,为研究彝族撒尼人的政治、经济、艺术、宗教、风俗等提供了宝贵的资料。

知识点滴

《阿诗玛》使用口传诗体语言,讲述或演唱阿诗玛的故事。阿诗玛不屈不挠地同强权势力作斗争的故事,揭示了光明终将代替黑暗、善美终将代替丑恶、自由终将代替压迫与禁锢的人类理想,反映了彝族撒尼人"断得弯不得"的民族性格和民族精神。

《阿诗玛》被撒尼人称为"我们民族的歌",阿诗玛的传说已经成为撒尼人日常生活、婚丧礼节以及其他风俗习惯的一部分,在人们中间广为传唱。其艺术魅力随时间的冲刷而弥久愈新,不减光芒,成为我国各民族文学百花园中一块璀璨的瑰宝,蜚声世界文坛。